고백

고백

이항재 옮김　　　　바다출판사

톨스토이

목차

고백

(1880)

일러두기

- 이 책은 러시아 Терра에서 출판된 《레프 톨스토이 전집ЛЕВ ТОЛСТОЙ – Полное Собра ние Сочинений》(모스크바, 1992) 제23권에 실린 〈고백Исповедь〉을 원본으로 번역하였습니다.

- 이 책에 나오는 성경구절은 개역개정판 《성경전서》를 기본으로 하되 옮긴이가 원문 내용을 반영하여 번역하였습니다.

- 본문 하단에 있는 주는 모두 옮긴이의 것입니다. 옮긴이 주는 문장 뒤에 '옮긴이'로 표시하였습니다.

- 인명, 지명을 비롯한 외래어는 국립국어원의 외래어표기법을 따랐으나 몇몇 경우 일상적으로 널리 쓰이는 용례가 있으면 이를 참고하였습니다.

- 단행본과 정기간행물 등은 겹화살괄호(《 》)로 표기하였으며, 단편·시·논문·기사·장절 등의 제목은 홑화살괄호(〈 〉)로 표기하였습니다.

1.

나는 그리스정교 신앙 속에서 세례를 받고 양육되었다. 어린 시절부터, 그 후 소년 시절과 청년 시절 내내 나는 이 신앙의 가르침을 받았다. 하지만 열여덟 살에 대학교 2학년을 중퇴했을 무렵, 이미 나는 자신이 배운 것을 하나도 믿지 않았다.

몇몇 회상에 따라 판단하건대, 나는 한 번도 진지한 신앙을 가진 적이 없고, 내가 배운 것과 어른들이 내 앞에서 설교한 것을 그저 믿었을 뿐이었다. 하지만 그 믿음은 매우 불안정했다.

내가 열한 살쯤 되었을 때, 오래전에 사망한 당시 중학생이었던 볼로진카 M이라는 소년이 일요일에 우리에게 와서 중학교에서 최근에 발견한 새로운 사실을 말해 주었던 것을 나는 기억하고 있다. 그 발견이란, 신은 존재하지 않고 우리가 배운 것은 죄다 허구일 뿐이라는 것이었다(1838년의 일이었다). 지금도 기억하는데, 내 형들은 이 새로운 사실에 관심을 보였고 토론 모임에 나도 끼워 주었다. 우리는 모두 몹시 흥분했고, 이 소식을 무척 흥미롭고 매우 있음직한 무언가로 받아들였다.

당시 대학에 다니고 있던 드미트리 형이 타고난 열정으로 별안간 신앙에 몰두하여 모든 예배에 참석하러 다니고 육식을 피하며 순결하고 도덕적인 생활을 하기 시작했을 때, 우리 모두는 심지어 어른들까지도 그를 계속 조롱하며 '노아'라는 별칭으로 불렀던 것도 나는 기억한다. 또 당시 카잔대학교 감독관이었던 무신-푸시킨이 우리를 무도회에 초대했을 때, 다윗도 성궤 앞에서 춤을 추었다며 그 초대를 거절한 형을 비웃듯이 설득한 것도 기억한다. 당시 나는 어른들의 이런 농담에 공감했고, 교리문답서도 배워야 하고 교회도 다녀야 하지만 이 모든 것을 너무 진지하게 받아들일 필요는 없다고 결론지었다. 나는 아주 어릴 때 볼테르를 읽었는데, 볼테르의 조소에 분개하지 않았을 뿐만 아니라 아주 즐거워했던 것도 기억하고 있다.

신앙으로부터의 이탈은 우리처럼 교육받은 사람들에게서 일어났고, 지금도 일어나고 있듯이 내 안에서도 일어났다. 신앙으로부터의 이탈은 대체로 이런 경우에 일어나는 것 같다. 사람들은 모든 사람이 사는 것처럼 살아가고, 종교적 가르침과 일치한 삶을 살지 않고, 대부분 그것에 배치되는 원칙에 따라 살아간다. 종교적 가르침은 실생활이나 사람들 사이의 관계에 관여하지 않는다. 우리는 자신의 삶에서 종교적 가르침과 충돌하지 않고, 그것을 잘 이행하지도 않는다. 이 종교적 가르침은 실생활과 동떨어진 어딘가에서, 실생활과 무관하게 신봉되고 있다. 만일 종교적 가르침과 충돌하더라도 그것은 단지 실생활과 무관한 외적 현상으로서의 종교적 가르침과 충돌하는 것일 뿐이다.

예나 지금이나 사람의 생활과 행동만 보고서는 그 사람이 신자인지 아닌지 결코 알아낼 수 없다. 만약 정교를 분명히 믿는 사람들과 정교를 부정하는 사람들 사이에 차이가 있다면, 정교를 믿는 사람들에게 불리하다는 것이다. 예나 지금이나 정교에 대한 확실한 인정과 믿음은 대부분 우둔하고 잔인하고 비도덕적이며, 자신을 매우 중시하는 사람들 가운데서 나타났다. 반면에 지혜, 성실, 정직, 착함, 덕성은 대부분 불신자라고 자인하는 사람들에게서 나타났다.

학교에서는 교리 문답서를 가르치고 학생들을 교회에 보낸다. 관리들은 성체聖體 성사에 참여했다는 증명서가 필요하다. 하지만 더 이상 배우지 않고 관직에도 참여하지 않는 우리 계층에 속한 사람은, 옛날에는 훨씬 더 그랬지만 지금도 자기가 기독교인들 속에서 생활하고 있고, 그리스정교 신자로 간주되고 있다는 사실을 한 번도 떠올리지 않고 십 년을 살아갈 수 있다.

그래서 예나 지금이나 신뢰에 의해 받아들여지고 외적 압박에 의해 지지된 교의는 이것과 상반되는 실생활의 경험과 지식의 영향을 받아 점차 사라지고 있다. 실제로 교의가 벌써 오래전에 흔적도 없이 사라졌지만, 사람들은 종종 어린 시절부터 전해 들은 교의가 자기 안에 온전히 남아 있다고 상상하면서 오랫동안 계속 살아가고 있다.

총명하고 진실한 S가 자기가 어떻게 신앙을 버렸는지 내게 얘기해 주었다. 당시 스물여섯 살이었던 그가 한번은 사냥을 갔다가 노숙을 한 적이 있었다. 밤에 그는 어린 시절부터 해 온 오랜 습관대로 기도하려고 무릎을 꿇었다. 함께 사냥 간 형이 건초 위에 누워서 동생을 바라보았다. S가 기도를 마치고 잠자리에 누우려고 하자 형이 말했다. "너는 아직도 그런 걸 하고 있니?" 형제는 서로에게 더 이상 아무 말도 하지 않았다. S는 그날부터 무릎 꿇고 기도하는 것을 그만두고 교회에도 나가지 않았다.

이렇게 S는 30년 동안 기도도, 성체성사도 하지 않고 교회도 다니지 않는다. 그것은 S가 형의 신념을 알고 그것에 공감했거나 마음속으로 뭔가를 결심했기 때문이 아니라, 형의 말 한마디가 자체의 무게 때문에 막 쓰러지려는 벽을 손가락으로 밀친 거나 다름없었기 때문이다. 형의 말 한마디는 S가 신앙이라고 생각했던 것은 이미 오래전에 공허해졌고, 따라서 무릎 꿇고 기도하는 동안 S가 하는 말도, 절하며 성호를 긋는 행위도 전혀 무의미하다고 지적한 것이었다. 이런 것들이 무의미하다는 것을 깨닫고 나서 S는 이런 행위를 계속할 수가 없었던 것이다.

내 생각에는 대다수의 사람들에게 이런 일이 일어났고, 지금도 흔히 일어나고 있다. 나는 우리처럼 교육받은 사람들, 자기 자신에게 성실한 사람들에 대해 말하고 있는 것이지 신앙이라는 것을 어떤 일시적 목적을 이루기 위한 수단으로 삼고 있는 사람들에 대해 말하고 있는 것은 아니다(이런 사람들은 가장 근본적인 불신자들이다. 왜냐하면 그들에게 신앙이 어떤 세속적인 목적 달성을 위한 수단이라면, 그것은 이미 분명히 신앙이 아니기 때문이다). 우리처럼 교육받은 사람들은 지식과 생활의 빛이 인공적인 구조물을 녹여 버릴 상황에 처해 있다. 그들은 이미 이를 깨닫고 인공적인 구조물이 있던 자리를 깨끗이 치워 버렸거나 아직도 이를 깨닫지 못하고 있다.

어린 시절부터 내게 전해진 종교적 가르침은 다른 사람들과 마찬가지로 내 마음속에서 사라져 버렸다. 단지 차이가 있다면 내가 아주 일찍부터 많은 것을 읽고 생각했기 때문에 일찌감치 의식적으로 종교적 가르침을 거부했다는 점이다. 나는 열여섯 살부터 무릎 꿇고 기도하는 것을 그만두었고, 교회에 나가고 금식하는 것도 자발적으로 그만두었다. 나는 어린 시절부터 전해 들은 것을 더 이상 믿지 않았지만, 그래도 무언가를 믿고 있었다. 내가 무엇을 믿었는지 결코 말하지 못했을 것이다.

나는 신을 믿었다기보다는 오히려 신을 부정하지 않았다. 하지만 그것이 어떤 신인지는 말하지 못했을 것이다. 나는 그리스도의 가르침도 부정하지 않았다. 하지만 그리스도의 가르침이 무엇인지 말할 수 없었을 것이다.

지금 그때를 회상해 보면, 당시 동물적 본능 외에 내 삶을 움직였던 나의 유일한 참 신앙은 완성에 대한 신앙이었음을 분명히 알 수 있다. 하지만 그 완성의 내용이 무엇이며, 그 목적이 무엇인지 불분명했다. 나는 지적으로 자신을 완성하려고 노력했고, 배울 수 있는 모든 것을 배웠으며, 살면서 부딪치는 모든 것을 배웠다. 나는 내 의지를 완성하려고 노력했고, 자신을 위한 규칙을 만들어 그 규칙을 따르려고 애썼다. 그리고 여러 운동으로 힘과 민첩성을 연마하고 온갖 곤궁과 결핍을 통해 지구력과 인내심을 기르면서 육체적으로 자신을 완성하려고 노력했다. 나는 이 모든 것을 완성이라고 생각했다. 물론 이 모든 것의 시작은 도덕적 완성이었다. 하지만 그것은 곧 일반적인 완성, 즉 자기 자신이나 신 앞에서 더 나아지겠다는 욕망이 아니라 다른 사람들 앞에서 더 나아지겠다는 욕망으로 바뀌었다. 다른 사람들 앞에서 더 나아지겠다는 이 열망은 금방 다른 사람들보다 더 힘센 사람이 되겠다는 욕망, 즉 다른 사람들보다 더 유명하고, 더 중요하고, 더 부유한 사람이 되겠다는 욕망으로 바뀌었다.

2.

이제 나는 나의 삶, 젊은 날 10년 동안의 감동적이고 교훈적인 삶에 대해 이야기하겠다. 나는 많은 사람들이 나와 똑같은 경험을 했으리라고 생각한다. 나는 진실로 선한 사람이 되고 싶었다. 하지만 나는 젊었고 열정이 있었다. 내가 선한 것을 찾고 있었을 때 나는 혼자였고, 완전히 혼자였다. 나의 가장 진실한 소망, 즉 내가 도덕적으로 훌륭한 사람이 되고 싶다고 말하려고 했을 때마다 나는 경멸을 당하고 비웃음을 샀다. 그런데 내가 추악한 정열에 빠지자마자 사람들은 나를 칭찬하고 격려하기 시작했다. 공명심, 권세욕, 물욕, 애욕, 교만, 분노, 복수심 ─ 이 모든 것들이 존중받고 있었다. 나는 이런 욕망에 몰두하면서 어른들과 비슷해졌고, 사람들이 이런 나에게 만족한다고 느꼈다. 나와 함께 살았던 가장 순수한 존재인 선량한 숙모까지도 내가 배우자가 있는 사람과 관계를 맺는 것만큼 나를 위해 더 바람직한 것은 없다고 늘 말하곤 했다. "점잖은 부인과의 관계만큼 젊은이를 잘 교육하는 것은 없다."

숙모는 나에게 또 하나의 행운을 바라셨는데, 그것은 내가 부관이 되는 것, 무엇보다 황제의 부관이 되는 것이었다. 그리고 내가 아주 부유한 아가씨와 결혼하여, 이 결혼으로 가능한 한 많은 농노들을 소유함으로써 최대의 행복을 누리길 바라셨다.

나는 이 시절을 회상할 때마다 공포와 혐오감, 심적 고통을 느끼지 않을 수 없다. 나는 전쟁에서 사람들을 죽였고, 죽이기 위해 결투를 신청하고는 했으며, 노름에 져서 돈을 잃기도 했다. 또 농부들의 노동의 열매를 먹어 치웠고, 그들을 징벌했으며, 음탕한 생활을 했고, 사람들을 속이곤 했다. 거짓, 도둑질, 온갖 음행, 폭음, 폭행, 살인…… 내가 저지르지 않은 범죄는 없었다. 그러나 사람들은 모든 면에서 나를 칭찬했고, 나의 동년배들은 나를 비교적 도덕적이라고 생각했다.

나는 이렇게 10년을 살았다.

이 시절에 나는 허영심과 물욕, 교만 때문에 글을 쓰기 시작했다. 나는 글을 쓰면서도 실생활에서처럼 똑같은 짓을 했다. 나는 명예와 돈을 얻기 위해 글을 썼고, 좋은 것은 감추고 나쁜 것은 드러내야만 했다. 나는 그렇게 했다. 나는 글을 쓰면서 무관심과 심지어 경박한 조소를 가장하여 내 삶의 의미인 '선'을 향한 갈망을 여러 차례 교묘하게 감추려고 했다. 나는 이 목적을 달성했고, 사람들한테 칭찬을 받았다.

전쟁이 끝난 후, 스물여섯 살의 나는 페테르부르크에 도착해 작가들과 교제했다. 그들은 나를 무리의 일원으로 받아들였고, 나를 치켜세우곤 했다. 정신을 차려 보니 나는 내가 교제했던 작가들의 계급적 입장에 동화되어 있었고, 더 훌륭한 사람이 되고자 했던 예전의 나의 모든 시도들이 이미 내 안에서 사라져 버렸다. 그들의 견해는 나의 방탕한 삶을 정당화하는 이론을 제공했다.

이 사람들, 즉 글을 쓰는 나의 동료들의 인생관은 이렇다. "삶은 대체로 발전하면서 진행된다. 이 발전 과정에서 사상가들인 우리가 주요한 역할을 하며, 사상가 중에서도 예술가와 시인인 우리가 중요한 영향력을 가지고 있다. 우리의 사명은 사람들을 가르치는 것이다." '내가 무엇을 알고 있고, 무엇을 가르쳐야만 하는가?'라는 자연스러운 의문이 자기 자신에게 생기지 않도록 하기 위해서이다. 이것은 알 필요가 없고, 예술가와 시인은 무의식적으로 가르친다는 것이 이 이론에 의해 밝혀졌다.

나는 훌륭한 예술가이자 시인으로 간주되었다. 그러므로 내가 이러한 이론을 받아들이는 것은 아주 자연스러웠다. 예술가이자 시인인 나는 자신이 무엇을 가르치는 줄도 모른 채, 쓰고 가르쳤다. 나는 그 대가로 돈을 받았다. 나에게는 좋은 음식과 주택, 여자들, 사교계, 그리고 명예가 있었다. 따라서 내가 가르치는 모든 것은 매우 훌륭했다.

시의 의미와 삶의 발전에 대한 믿음은 일종의 신앙이었고,

나는 이 신앙의 사제들 가운데 하나였다. 이 신앙의 사제가 되는 것은 매우 유익하고 유쾌했다. 나는 이 신앙의 진실성을 의심하지 않은 채 꽤 오랫동안 그 속에서 살았다. 하지만 이렇게 생활한 지 2년째 되던 해, 특히 3년째 되던 해에 나는 이 신앙의 진실성을 의심하게 되었다.

내가 의심하게 된 첫 번째 이유는 이 신앙의 사제들이 모두 서로 의견이 다르다는 걸 알아챘기 때문이다. 어떤 사람들은 이렇게 말했다. "우리는 가장 훌륭하고 유익한 교사다. 우리는 필요한 것을 가르치고 있지만, 다른 사람들은 틀린 것을 가르치고 있다." 그런데 다른 사람들은 이렇게 말했다. "아니다, 우리가 진짜 교사다. 당신들이 잘못 가르치고 있다." 그래서 그들은 논쟁하고, 말다툼하며, 기만하고, 욕하고, 서로를 속였다. 뿐만 아니라 우리들 중에는 누가 옳고, 누가 그른지는 조금도 신경 쓰지 않고, 우리의 활동 덕분에 자신의 탐욕스러운 목적을 달성하는 사람들도 많았다. 이 모든 것이 나로 하여금 이 신앙의 진실성을 의심하게 만들었다.

게다가 나는 작가가 믿는 신앙의 진실성을 의심하고 나서 이 신앙의 사제들을 주의 깊게 관찰하기 시작했다. 그리고 나는 이 신앙의 사제들인 작가들 거의 모두가 부도덕하고 대체로 성격이 나쁜 하찮은 사람들이며, 내가 예전에 방탕한 군대 생활에서 만났던 사람들보다 훨씬 더 열등하면서도 완벽한 성자들이나 성스러움이 뭔지 모르는 사람들처럼 자신만만하고 자기만족적이었다. 나는 사람이 싫어졌고, 나 자신도 싫어졌다. 그리하여 나는 이 신앙이 거짓임을 깨달았다.

그러나 내가 이 신앙의 모든 거짓을 금방 깨닫고 신앙을 거부했지만, 이상하게도 이 사람들이 내게 부여한 지위, 즉 예술가, 시인, 교사의 지위는 거부하지 않았다. 나는 내가 시인이고 예술가이기 때문에 내가 무엇을 가르치는지도 모른 채 모든 사람들을 가르칠 수 있다고 순진하게 상상했다. 나는 그렇게 행동했다.

이런 사람들과 가까워지면서 나는 새로운 악을 배웠다. 즉, 나는 병적일 정도로 발전한 자만심과 자신이 무엇을 가르치는지도 모르면서 사람들을 가르쳐야 하는 사명이 있다는 광적인 확신을 가지고 있었다.

지금 그 시기에 대해, 그리고 당시 내 생각과 그 사람들의 생각에 대해 회상하면서 나는 유감스럽고, 무섭고, 우스운 기분이 든다. (그러나 그러한 사람들은 지금도 수없이 많다.) 정신병원에서 경험하는 바로 그런 느낌이다.

당시 우리 모두는 가능한 한 더 빨리, 더 많이 말하고 쓰고 발표해야만 했고, 이 모든 것은 인류의 행복을 위해 필요하다고 확신했다. 그래서 우리 수천 명의 문인들은 서로 부정하고 욕하면서, 다른 사람들을 가르치고 항상 발표하며 글을 썼다. 우리는 아무것도 모른 채 삶의 가장 단순한 질문, 즉 무엇이 좋고 무엇이 나쁜지에 대해 아무 대답도 할 수 없다는 것을 깨닫지 못하면서, 서로의 말에 귀 기울이지 않고 모두가 동시에 말을 해 댔다. 사람들이 우리를 떠받들고 칭찬해 주길 바라면서 우리는 이따금 서로를 떠받들고 칭찬하곤 했다. 그리고 때로는 정신병원에서처럼 서로에게 화를 내며 소리를 내지르곤 했다.

수천 명의 노동자들이 온 힘을 다해 밤낮으로 일하고, 수백만 단어를 식자植字해서 인쇄하면 우체국은 인쇄물들을 전 러시아에 운송했다. 우리는 언제나 더 많이 가르치고 또 가르쳤지만, 결코 모든 것을 가르칠 수는 없었다. 우리는 사람들이 우리의 말을 잘 듣지 않는다고 항상 화를 내고는 했다.

정말로 이상한 일이지만 이제 나는 이해한다. 우리의 진짜 관심사는 가능한 한 더 많은 돈과 칭찬을 받고 싶다는 것이었다. 이 목적을 달성하기 위해 우리는 책을 쓰고 신문에 글을 쓰는 것 말고는 다른 아무 일도 할 수 없었다. 우리는 그렇게 했다. 그러나 우리가 그토록 무익한 일을 하고, 우리 자신이 매우 중요한 사람들이라는 확신을 갖기 위해서, 우리는 우리의 활동을 정당화할 수 있는 논리가 필요했다. 그래서 우리는 다음과 같은 논리를 생각해 냈다. '존재하는 모든 것은 이성적이고, 항상 발전한다. 모든 것은 계몽을 통해 발전한다. 계몽은 책과 신문의 보급에 의해 측정된다. 우리는 책을 쓰고 신문에 글을 쓰는 대가로 돈과 존경을 받는다. 그러므로 우리는 가장 유익하고 훌륭한 사람들이다.' 만약 우리가 동의했다면, 이 논리는 매우 훌륭했을지도 모른다. 하지만 어떤 사람이 의견을 표명하면, 다른 사람이 그 의견에 대해 언제나 정반대의 의견을 표명했기 때문에 우리는 다시 곰곰이 생각해야만 했다. 우리는 이 점을 깨닫지 못했다. 우리는 돈을 받았고, 동료들은 우리를 칭찬했다. 그래서 우리들은 각자 자신이 옳다고 생각했다.

이제 나는 우리와 미친 사람들 사이에 전혀 차이가 없었음을 분명히 이해한다. 당시 나는 이것을 그저 막연하게 의심만 했었다. 그래서 미친 사람들이 모두 그렇듯이, 나는 나 말고 다른 사람들을 모두 미친 사람이라고 부르곤 했다.

3.

　나는 결혼할 때까지 6년을 더 이런 어리석은 생각에 빠져 살았다. 그때 나는 외국으로 갔다. 유럽에서의 생활과 진보적이고 학구적인 유럽인들과의 교제를 통해 나는 내 삶의 기초가 된 총체적 완성에 대한 믿음을 더욱더 확신하게 되었다. 그들에게서 총체적 완성에 대한 동일한 믿음을 발견했기 때문이다. 나의 믿음은 우리 시대 대부분의 교양인들의 믿음처럼 일반적인 형태를 띠었다. 이 믿음은 '진보'라는 말로 표현되었다. 당시 이 말이 무언가를 표현하는 것처럼 보였다. 살아 있는 모든 사람과 마찬가지로 '어떻게 더 잘 살 수 있을까?'라는 문제로 고민하던 내가 진보에 따라 사는 것이라고 대답하는 것은, 보트를 타고 파도와 바람에 떠밀려 가는 사람이 '어디로 향해야만 하나?'라는 실질적인 유일한 질문에는 대답하지 않고 '우린 어딘가로 떠밀려 가고 있다'고 말하는 것과 똑같다는 사실을 나는 아직도 이해하지 못했다.

당시 나는 이를 깨닫지 못했다. 단지 가끔씩 나는 이성이 아닌 감정에 이끌려 우리 시대에 만연한 보편적 미신에 대해 반항했다. 사람들은 삶에 대한 몰이해를 이 보편적 미신으로 숨기곤 한다. 예컨대, 내가 파리에 머물 때 목격한 사형 집행 장면은 진보에 대한 나의 미신이 불안정하다는 것을 보여 주었다. 머리가 몸에서 분리되어 두 부분이 따로따로 상자 속에 '쿵'하고 떨어지는 모습을 보았을 때, 나는 존재와 진보의 이성적 성격에 관한 어떠한 이론도 이런 범죄 행위를 정당화할 수 없음을 머리가 아닌 나의 전 존재로 깨달았다. 만약 태초부터 세상 사람 모두가 어떤 이론에 따라 이것이 필요하다고 생각했을지라도 나는 이것이 불필요하고 나쁜 일이라는 걸 알고 있다. 따라서 무엇이 좋고 나쁜지 판단하는 것은 사람들의 언행도 진보도 아닌, 심장을 가진 나 자신임을 나는 안다. 진보에 대한 미신이 삶에서 불충분한 것임을 인식하게 한 다른 사건은 형의 죽음이었다. 영리하고 착하고 진지했던 형은 젊어서 병을 앓아 1년 이상 고생하다가 왜 자신이 살았었는지 이해하지 못하고, 더욱이 왜 자신이 죽어 가고 있는지 알지 못한 채 고통스럽게 죽었다. 형이 천천히 고통스럽게 죽어 가는 동안 어떠한 이론도 이 질문들에 대해 나에게나 형에게 아무런 대답을 주지 않았다.

하지만 이것은 단지 드물게 생기는 의혹이었고, 실제로 나는 진보만을 믿으면서 계속 살았다. '만물은 발전하며, 나도 발전한다. 왜 내가 만물과 함께 발전하는지는 나중에 알게 될 것이다.' 당시 나는 자신의 믿음을 이렇게 간단명료하게 표현할 수밖에 없었을 것이다.

외국에서 돌아온 나는 시골에 정착하여 농민학교 일로 바빴다. 이 일은 특히 내 마음에 들었다. 문학교사 활동을 하면서 이미 내 눈에 거슬렸던 거짓, 이제 내게 명백해진 거짓이 이 일에는 없었기 때문이다. 여기에서 나도 진보를 위해 활동했지만, 진보 그 자체에 대해서는 이미 비판적인 태도를 취하고 있었다. 나는 진보가 몇몇 현상에서는 잘못 이루어졌고, 소박한 농민의 자녀들에게 그들이 원하는 진보의 길을 택하라고 권하면서 그들을 완전히 자유롭게 대해야만 한다고 나 자신에게 말했다.

실제로 나는 무엇을 가르치는지 모르면서 가르쳐야만 한다는 해결되지 않은 동일한 문제의 주위를 계속 맴돌고 있었다. 최고 수준의 문학 활동에서 무엇을 가르쳐야 할지 모른 채로 가르쳐서는 안 된다는 것이 내게는 분명했다. 나는 모두가 다른 것을 가르치고 있고, 그들이 서로 논쟁하면서 자신의 무지를 숨기는 것을 보았기 때문이다. 그러나 여기에서 농민의 자녀들을 가르치면서 나는 그들이 원하는 것을 배우게 함으로써 이런 어려움을 피할 수 있다고 생각했다. 무엇이 필요한지 나 자신이 모르기 때문에, 필요한 것을 가르칠 수 없다는 사실을 마음속 깊이 잘 알면서도 가르치겠다는 욕망을 채우기 위해 이

리저리 둘러댔던 일을 떠올리니 우스꽝스럽다. 학교 일을 하며 1년을 보낸 후, 나는 나 자신이 아무것도 모르면서 다른 사람들을 가르칠 수 있으려면 어떻게 해야 하는지 알아보려고 다시 외국으로 나갔다.

나는 외국에서 이를 배웠다고 생각한다. 그래서 농노해방의 해인 1861년에 러시아로 돌아온 나는 농민재판소 조정관의 자리에 앉은 후, 교육받지 못한 인민은 학교에서 가르치고 교육받은 사람들은 내가 발행하기 시작한 잡지를 통해 가르치기 시작했다. 일이 잘 진행되는 듯했지만 나는 나 자신이 정신적으로 전혀 건강하지 못하고, 이 일이 오래 지속될 수 없음을 느꼈다. 당시 내가 아직 맛보지 못했고, 나에게 구원을 약속했던 삶의 또 한 측면이 없었다면 아마도 나는 쉰 살에 빠졌던 그 절망에 빠졌을지도 모른다. 그것은 가정생활이었다.

나는 1년 동안 조정관으로 일하면서 학교 일과 잡지 일을 병행했는데, 무엇보다도 일이 헷갈려서 기진맥진해졌다. 조정 과정에서 일어나는 싸움은 나를 몹시 괴롭게 했고, 학교 활동도 매우 미약했으며, 일에 진척이 없는 잡지에서 거짓말하는 것도 거북했다. 그리고 내가 무엇을 가르치는지 모른다는 사실을 숨기면서 모든 사람들을 가르치려는 욕망에 사로잡힌 것도 역겨웠다. 결국 나는 육체적인 병이라기보다는 오히려 정신적인 병에 걸렸다. 나는 모든 것을 내던져 버리고, 맑은 공기와 말 젖을 마시며 농물적인 생활을 하기 위해 바시키르족이 살고 있는 초원으로 떠났다.

나는 초원에서 돌아온 후 결혼했다. 행복한 가정생활의 새로운 환경들이 삶의 보편적 의미를 찾으려 했던 나의 관심을 완전히 다른 데로 돌려놓았다. 이 시기에 나의 모든 생활은 가정과 아내, 그리고 아이들에게 집중되었고, 그 결과로 주로 생활비의 증가를 걱정하게 되었다. 예전에 이미 가졌던 보편적인 완성, 즉 진보에 대한 갈망으로 바뀐 자기완성에 대한 갈망은 이제 나와 가족이 가능하면 더 잘 살았으면 하는 솔직한 갈망으로 바뀌었다.

이렇게 또 15년이 흘러갔다. 나는 이 15년 동안 글 쓰는 일을 하찮게 생각했음에도 불구하고, 계속 글을 썼다. 나는 이미 글쓰기의 유혹을 느꼈고, 별 볼 일 없는 노동에 대한 엄청난 금전적 보상과 박수갈채의 유혹을 느꼈다. 그래서 나는 자신의 물질적 상태를 향상시키고, 내 삶과 보편적 삶의 의미에 대한 온갖 의문을 마음속에서 없애기 위한 수단으로써 글쓰기에 몰두했다. 나에게 유일한 진리였던 것, 즉 자신과 가족이 가능한 한 더 잘 살기 위해 우리는 그렇게 살아야만 한다고 가르치면서 나는 글을 썼다.

나는 그렇게 살았다. 하지만 5년 전부터 내게 무언가 이상한 일이 일어나기 시작했다. 내가 어떻게 살아야만 하고, 무엇을 해야만 할지 마치 모르고 있는 것처럼, 처음엔 의혹의 순간, 즉 삶이 정지한 듯한 순간이 내게 찾아오기 시작했다. 그래서 나는 어쩔 줄 모르고 우울해졌다. 하지만 이런 상태는 지나가곤 했고, 나는 계속 예전처럼 살았다. 그 후 이런 의혹의 순간들은 더욱더 빈번하게, 그리고 늘 똑같은 형태로 반복되었다. 이 삶의 정지는 언제나 똑같은 의문, 즉 '왜?', '그래서 그다음엔?'이라는 의문으로 나타났다.

처음에는 이런 의문들이 무익하고 부적절하다고 생각했다. 이 모든 것은 다 알려져 있고, 내가 이런 의문들을 해결하려고만 하면 그다지 어렵지 않게 해결할 수 있으리라는 느낌이 들었다. 단지 지금은 이런 일에 집중할 겨를이 없지만, 집중하기만 하면 답을 찾을 수 있으리라 여겨졌다. 그러나 이런 의문들이 더 자주 반복되기 시작하더니 점점 더 절실하게 해답을 요구했다. 답이 없는 이 의문들은 마치 점처럼 한자리에 계속 떨어지더니 하나의 까만 반점이 되었다.

치명적인 속병에 걸린 사람들한테 일어나는 일이 나에게도 일어났다. 처음엔 환자의 몸에 의식하지 못한 찌뿌듯한 가벼운 증상이 나타나더니, 이윽고 이 증상이 더욱더 자주 반복되다가 하나의 간헐적인 고통으로 합쳐지곤 한다. 고통은 점점 커지고, 환자는 가벼운 병이 이 세상 그 무엇보다 더 심각한 것, 즉 '죽음'이라는 것을 어느덧 자각하게 된다.

바로 그런 일이 나에게도 일어났다. 나는 이것이 우연히 생긴 가벼운 병이 아니라 무언가 아주 심각한 것임을 깨닫게 되었다. 그리고 항상 똑같은 의문들이 반복된다면 이 의문들에 답해야만 한다는 것을 깨달았다. 그래서 나는 답하려고 노력했다. 이 의문들은 매우 어리석고 단순하고 유치해 보였다. 내가 이 문제들을 건드리고 해결하려고 하자마자 이런 확신이 들었다. 첫째, 이것은 유치하거나 어리석은 게 아니라, 삶에서 가장 중요하고 심오한 의문이다. 둘째, 내가 아무리 생각해 봐도 이 의문들을 결코 해결할 수 없다. 나는 사마라[1]에 있는 영지를 돌보고, 아들을 양육하고, 책을 쓰기 전에 왜 내가 이 일을 해야 하는지 알아야만 한다. 내가 왜 이런 일을 하는지 알 때까지 나는 아무것도 할 수 없다. 그때 주요 관심사였던 농지 경영에 대한 생각들 중 갑자기 이런 의문이 머릿속에 떠오르곤 했다. '그래, 좋다. 너는 사마라현에서 6천 데샤티나[2]의 땅과 3백 마리의 말을 갖게 될 것이다. 그런데 그다음에는?······.' 나는 완전히 어리둥절해져서 더 이상 무엇을 생각해야 할지 몰랐다. 때론 아이들을 어떻게 양육할지 생각하다가 '왜?' 하고 자문하고는 했다. 때론 '민중은 어떻게 행복에 도달할 수 있을까?' 하고 생각하다가 갑자기 '그게 나랑 무슨 상관이야?' 하고 자문하기도 했다. 때론 내 작품들이 나에게 가져다줄 명예에 대해 생각하다가 이렇게 자문하곤 했다. '그래, 좋아. 너는 고골, 푸시킨, 셰익스피어, 몰리에르 등 세계의 모든 작가들보다 더 유명해질 거야. 그래서 어쩔 건데!'

그리고 나는 아무 대답도 할 수 없었다.

---

1 러시아 서부 볼가강 중류에 있는 도시.—옮긴이
2 미터법이 시행되기 이전에 러시아에서 사용된 지적地籍 단위. 1데샤티나는 약 1.092헥타르이다.—옮긴이

4.

　나의 삶은 멈추었다. 나는 숨 쉬고, 먹고, 마시고, 잠을 잘 수 있었다. 숨을 쉬지 않을 수 없었고, 먹지 않을 수 없었다. 또 마시지 않을 수 없었고, 잠을 자지 않을 수 없었다. 하지만 삶은 없었다. '욕구를 충족시키는 것이 합리적이다.'라고 생각되는 그런 욕구가 내게 없었기 때문이다. 만약 내가 무언가를 원했다면, 내가 나의 욕구를 충족시키든 못 시키든 그것은 아무 의미가 없다는 것을 나는 미리 알고 있었다.

　마법사가 내게 와서 나의 욕구를 충족시켜 주겠다고 제안하더라도 나는 무슨 말을 해야 할지 몰랐을 것이다. 만약 내가 욕구를 가지고 있는 것이 아니라 술에 취한 순간에 예전의 타성적 욕구를 가지고 있나빈, 성신을 차리는 순간 그것은 기만이며 욕망할 게 아무것도 없다는 것을 나는 알고 있다. 심지어 나는 진리를 알고 싶어 하지 않았다. 진리가 무엇인지 짐작하고 있었기 때문이다. 삶은 무의미하다는 것이 진리였다.

나는 살아가면서, 계속 걷다가 낭떠러지에 도착해서야 파멸 말고는 앞에 아무것도 없다는 것을 확실히 안 것 같았다. 그러나 멈출 수도, 되돌아갈 수도 없다. 기만적인 삶과 행복, 실제의 고통과 죽음, 즉 앞에 완전한 파멸 외에 아무것도 없다는 것을 보지 않기 위해 눈을 감을 수도 없다.

나는 삶이 싫어졌다. 어떤 불가항력적인 힘이 어떻게든 삶에서 벗어나게 하려고 나를 끌고 갔다. 나는 자살하고 싶었다고 말할 수도 없다. 나를 삶에서 저만치 끌고 갔던 힘은 욕망보다 더 강하고, 더 완전하며, 더 보편적인 것이었다. 이것은 삶에 대한 예전의 갈망과 비슷한 힘이었고, 단지 방향만 반대였다. 나는 전력을 다해 삶에서 멀어지려고 노력했다. 자살에 대한 생각이 예전에 삶을 향상시켜야겠다는 생각처럼 자연스럽게 일어났다. 자살에 대한 생각이 너무나 유혹적이어서 나는 당장 이 생각을 실행에 옮기지 않으려고 내 의사에 반하는 교활한 수단을 사용해야만 했다. 나는 뒤얽힌 문제를 풀려고 온 힘을 다하고 싶었기 때문에 자살을 서두르고 싶지 않았던 것이다. 뒤얽힌 문제를 풀지 못하면 언제든지 자살할 수 있다고 나는 나 자신에게 말했다. 당시 행복했던 나는 매일 저녁 옷을 벗고 혼자 있던 방에서 끈을 치워 버렸다. 이는 장롱 사이의 횡목에 목을 매지 않기 위해서였다. 그리고 너무 쉽게 목숨을 끊을 수 있는 방법에 유혹되지 않도록 총을 가지고 사냥하러 다니는 것을 그만두었다. 나는 내가 무엇을 원하는지 알 수 없었다. 나는 삶이 무서웠고, 삶에서 벗어나려고 노력했다. 하지만 여전히 나는 삶에서 무언가를 기대하고 있었다.

나에게 이런 일이 일어난 것은 내가 완전한 행복이라고 여기는 것들에 온통 둘러싸여 있던 때였다. 내가 쉰 살이 채 안 되었을 때였다. 나에게는 착하고 사랑스럽고 귀여운 아내와 반듯한 아이들이 있었고, 내가 노력하지 않아도 저절로 불어나는 막대한 재산이 있었다. 나는 가까운 사람들과 지인들로부터 예전보다 더 많은 존경을 받고 있었고, 모르는 사람들로부터도 칭찬을 받고 있었다. 그리고 나는 특별히 자아도취에 빠지지 않고도 내가 유명하다고 생각할 수 있었다. 게다가 나는 육체적으로나 정신적으로 아프지 않았을 뿐만 아니라 오히려 동년배들에게서 흔히 볼 수 없는 정신적 힘과 육체적 힘을 가지고 있었다. 육체적으로 나는 풀베기를 하면서 농부들에게 뒤지지 않고 일할 수 있었다. 정신적으로 나는 지나친 긴장에서 생기는 어떤 후유증도 느끼지 않고 여덟 시간이나 열 시간 동안을 줄곧 일할 수 있었다. 그러나 나는 이런 상태에서 더 이상 살 수 없는 지경에 이르렀다. 죽음을 두려워한 나는 자살을 하지 않기 위해 내 뜻에 반하는 교활한 수단을 사용해야만 했었다.

이런 정신 상태는 나에게 이렇게 나타났다. 즉, 나의 삶은 누군가가 나를 희롱하는 어떤 어리석고 악의적인 장난이다. 나는 나를 창조했을지도 모를 어떤 '누군가'를 인정하지 않았음에도 불구하고, 누군가가 내게 생명을 부여하면서 나를 악의적으로 바보처럼 조롱한 것이라고 아주 자연스럽게 나의 상태를 이해했다.

내가 삼사십 년을 살아오면서 배우고, 발전하고, 정신적으로나 육체적으로 성장한 모습을 저기 어딘가에서 누군가가 바라보며 기뻐하고 있다는 생각이 들었다. 그리고 이제 머리가 완전히 굳어 버리고, 모든 삶이 내려다보이는 정상에 다다른 내가 삶에는 아무것도 없고, 아무것도 없었으며, 아무것도 없으리라는 것을 분명히 깨달으면서, 천하의 머저리처럼 이 정상에 서 있는 모습을 저기 어딘가에서 누군가가 바라보며 웃고 있다는 생각이 문득 들었다. '그는 이런 내 모습이 우습겠지……..'

실제로 나를 비웃는 이 누군가의 존재 여부로 내 마음은 무거웠다. 나는 어떤 행위에도, 나의 모든 삶에도 어떠한 합리적인 의미를 부여할 수 없었다. 내가 애초에 어떻게 이것을 깨달을 수 없었는지 그저 놀라울 따름이다. 모두가 이 모든 사실을 아주 오래전부터 알고 있다. 곧 여러 가지 질병과 죽음이 사랑하는 사람들이나 나에게 찾아올 것이고(그리고 이미 왔다가 갔다), 악취와 구더기 외에는 아무것도 남지 않을 것이다. 나의 행위가 어쨌든지 조만간 모두 잊힐 것이고, 나는 존재하지 않을 것이다. 그렇다면 무엇 때문에 안달한단 말인가? 인간은 어떻게 이것을 보지 못하고 살아갈 수 있단 말인가? 이 점이 정말 놀랍다! 삶에 취해 있는 동안만 살아갈 수 있다. 그리고 제정신이 들면 이 모든 것이 기만, 어리석은 기만임을 보지 않을 수 없다! 정말로 재미있고 재치 있는 것은 아무것도 없으며, 삶은 그저 잔인하고 어리석을 뿐이다.

초원에서 미쳐 날뛰는 맹수의 습격을 받은 나그네에 대한 동양 우화가 이미 오래전부터 회자되고 있다. 나그네는 맹수를 피해 물이 없는 우물 속으로 뛰어들지만, 우물 밑바닥에서 자기를 잡아먹으려고 입을 쩍 벌리고 있는 용을 보게 된다. 하지만 이 불행한 나그네는 미쳐 날뛰는 맹수에게 잡아먹힐까 봐 감히 밖으로 기어 나오지도 못하고, 용한테 잡아먹힐까 봐 우물 밑바닥으로 내려가지도 못한 채 우물 틈새에서 자라는 야생 관목 나뭇가지를 붙잡고 매달려 있다. 두 팔의 힘이 약해진 그는 양쪽에서 자신을 기다리고 있는 죽음에 곧 몸을 맡길 수밖에 없음을 느낀다. 하지만 그는 계속 나뭇가지에 매달려 있고, 매달려 있는 동안 주변을 둘러보다가 검은쥐와 흰쥐 두 마리가 관목 줄기 주변을 일정하게 갉아먹고 있는 것을 본다. 이제 관목은 저절로 부러져 떨어질 테고, 그는 결국 용의 입속으로 떨어질 것이다. 나그네는 이를 보면서 자기가 반드시 죽으리라는 것을 안다. 그러나 나뭇가지에 매달려 있는 동안 그는 주변을 둘러보다가 관목 잎사귀 위에서 몇 방울의 꿀을 발견하고 혀를 내밀어 핥는다.

이와 마찬가지로 나도 나를 찢어 죽이려 하는 죽음의 용이 나를 기다리고 있다는 것을 잘 알면서도 생명의 나뭇가지를 붙잡고 있다. 나는 왜 내가 이런 고통에 빠졌는지 이해할 수 없다. 나는 예전에 나에게 기쁨을 주었던 꿀을 빨아 먹으려고 애쓴다. 하지만 꿈은 이미 나에게 기쁨을 주지 않는다. 흰쥐와 검은쥐는 밤낮으로 내가 붙들고 있는 나뭇가지를 갉아먹고 있다. 나는 분명히 용을 보고 있고, 나에게 이미 꿀은 달지 않다. 내가 볼 수 있는 건 한 가지, 그건 피할 수 없는 용과 쥐들이다. 나는 용과 쥐들로부터 시선을 돌릴 수 없다. 이는 우화가 아니라 진실하고 논쟁의 여지가 없는, 모두가 이해하는 진리다.

용의 공포를 느끼지 못하게 했던 삶의 즐거움에 대한 예전의 망상은 더 이상 나를 속이지 못한다. 너는 삶의 의미를 이해할 수 없으니 생각하지 말고 그냥 살라고 아무리 내게 말을 할지라도 나는 그렇게 할 수 없다. 예전에 너무 오랫동안 그렇게 했기 때문이다. 지금 나는 나를 죽음으로 몰아대며 끌고 가는 낮과 밤을 보지 않을 수 없다. 나는 이것 하나만을 보고 있다. 이것만이 진실이기 때문이다. 나머지 모든 것은 거짓이다. 다른 무엇보다 더 오랫동안 잔혹한 진실을 보지 못하게 했던 두 방울의 꿀, 즉 가족에 대한 사랑과 내가 예술이라고 불렀던 문필업에 대한 사랑은 내게 더 이상 달콤하지 않다.

'가족이란…' 나는 나 자신에게 말하곤 했다. 가족이란 아내와 아이들이다. 그들 역시 사람이고, 내가 처한 동일한 상황 속에 있다. 그러니 그들도 거짓 속에서 살아가거나 끔찍한 진실을 보아야만 한다. 왜 그들은 살아가야만 하는가? 왜 나는 그들을 사랑하고, 아끼며, 양육하고, 보호해야만 하는가? 내 안에 있는 그 절망을 위해서일까, 아니면 어리석음을 위해서일까? 내가 그들을 사랑한다면 그들에게 진실을 숨길 수는 없다. 하나하나의 인식 행위가 그들을 이 진실로 이끌고 있다. 이 진실은 바로 죽음이다.

'예술과 시는…?' 나는 오랫동안 사람들의 칭찬과 성공에 취하여 모든 것, 즉 나와 나의 일 그리고 나 자신과 내 일에 대한 기억까지도 앗아가 버리는 죽음이 찾아온다고 해도 예술이야말로 할 만한 일이라고 확신했다. 하지만 이것도 기만임을 곧 깨달았다. 나에게 예술은 삶의 장식이며 삶을 향한 유혹임이 분명했다. 그러나 삶이 자신의 매력을 상실해 버렸으니 내가 어떻게 다른 사람들을 매혹시킬 수 있겠는가? 내가 내 인생을 살지 않고 다른 삶의 파도에 실려 떠밀려 가는 동안, 그리고 딱히 뭐라 표현할 수는 없지만 삶에 의미가 있다고 내가 믿는 동안에는 시와 예술 속에 나타난 온갖 삶의 반영은 내게 기쁨을 가져다주었다. 나는 예술이라는 작은 거울 속의 삶을 바라보는 것이 즐거웠다. 하지만 내가 삶의 의미를 찾기 시작하고, 내 삶을 살아야 할 필요성을 느꼈을 때, 내게 이 작은 거울은 불필요하고, 쓸모없고, 우스꽝스럽고, 고통스러운 것이 되었다. 나는 거울 속에서 본 것, 즉 나의 어리석고 절망적인 이 상태로는 더 이상 위로를 받을 수 없었다. 나의 삶이 의미가 있다고 내 스스로 진심으로 믿었을 때, 나는 예술 속에 비친 내 삶의 모습을 보는 게 즐거웠다. 당시 빛과 그림자들의 유희, 즉 희극적이고, 비극적이며, 감동적이고, 아름답고, 무시무시한 삶의 유희가 날 위로해 주었다. 하지만 삶이 무의미하고 무섭다는 것을 알았을 때, 거울 속의 유희는 더 이상 날 즐겁게 하지 않았다. 나의 버팀목을 갉아먹고 있는 용과 쥐들을 보았을 때, 그 어떤 달콤한 꿈도 내게는 감미로울 수 없었다.

그러나 이게 전부가 아니다. 만약 내가 삶이 무의미하다는 사실을 단순히 깨달았다면, 나는 이것이 나의 운명임을 알고 조용히 받아들였을 것이다. 하지만 나는 이 사실을 깨닫고 편안할 수가 없었다. 만약 내가 숲에 살면서, 이 숲에서 빠져나갈 출구가 없다는 것을 알고 있는 사람 같았다면, 나는 살아갈 수 있었을 것이다. 하지만 나는 숲에서 길을 잃어버려 공포에 사로잡힌 사람 같았다. 그는 길로 나오려고 허우적댔고, 걸음을 뗼 때마다 더 헷갈린다는 것을 알면서도 허우적대지 않을 수 없다.

바로 이 점이 무서웠다. 나는 이 공포에서 벗어나기 위해 자살하고 싶었다. 나는 나를 기다리고 있는 것 앞에서 공포를 느꼈고, 내가 처한 상황보다 이 공포가 더 무섭다는 것을 알았다. 그러나 나는 공포를 쫓아낼 수 없었고, 끈기 있게 종말을 기다릴 수도 없었다. 어차피 심장 혈관이 파열되거나 무언가가 터지고, 모든 게 끝나리라는 판단이 아무리 확실하더라도 나는 끈기 있게 종말을 기다릴 수 없었다. 어둠의 공포는 너무나 컸다. 나는 올가미나 총을 이용하여 가능한 한 빨리 어둠의 공포에서 벗어나고 싶었다. 무엇보다 이런 감정이 더욱 강하게 나를 자살로 몰아갔다.

5.

 '그러나 내가 무언가를 보았지만, 이 무언가를 이해하지 못했던 것이 아닐까?' 나는 자신에게 여러 번 되뇌고는 했다. '이런 절망적인 상태가 사람들에게 일반적일 수는 없어.' 그래서 나는 사람들이 얻은 모든 지식 속에서 내 의문에 대한 답을 찾으려고 했다. 나는 고통스럽게 오랫동안 답을 찾았고, 즐거운 호기심 때문이 아니라 정말 열심히, 고통스럽고 끈질기게 밤낮으로 찾으려 했다. 마치 죽어가는 사람이 구원을 찾듯이 찾아 헤맸지만 나는 아무것도 찾지 못했다.

 나는 모든 지식 속에서 답을 찾았으나 결국 찾지 못했고, 모두들 나처럼 지식 속에서 답을 찾으려 했지만 역시 아무것도 찾지 못했음을 확인했다. 그들은 아무것도 찾지 못했을 뿐만 아니라 날 절망으로 이끌었던 바로 그것, 즉 삶의 무의미가 사람이 얻을 수 있는 명명백백하고 유일한 지식임을 인정하게 되었다.

나는 도처에서 답을 찾았다. 학문을 하며 보낸 삶 덕분에, 그리고 책과 대화를 통해 자신의 지식을 기꺼이 내게 공개했던 학자들과 교제하면서 온갖 다양한 분야의 학문적 지식을 접할 수 있었기에 나는 삶의 문제에 대해 지식이 답할 수 있는 모든 것을 알게 되었다.

지식이 삶의 문제들에 대해 지금 내놓고 있는 답 외에 아무런 답도 주지 못하고 있다는 사실을 나는 오랫동안 결코 믿을 수 없었다. 인생 문제와는 아무런 공통점이 없는 나름의 명제를 주장하는 과학의 엄숙하고 진지한 태도를 바라보면서, 내가 뭔가를 이해하지 못하고 있다고 느꼈다. 나는 오랫동안 지식 앞에서 위축되었다. 지식이 내 의문에 맞는 답을 주지 못하는 것은 지식의 죄가 아니라 나의 무지 때문이라고 여겨졌다. 그러나 내게 이 문제는 농담이나 장난이 아니라 나의 삶 전체가 걸린 문제였다. 결국 나는 나의 의문들은 정당하고, 모든 지식의 기초가 되는 것이므로, 학문이 이런 문제들에 대해 답할 권리를 가지고 있다면 잘못은 나와 나의 의문에 있는 것이 아니라 학문에 있다는 확신이 들었다.

쉰 살의 나를 자살로 이끈 나의 의문은 철없는 아이에서 가장 지혜로운 노인에 이르기까지 모든 사람의 마음속에 있는 가장 단순한 의문이었다. 실제로 내가 경험했듯이 의문이 없는 삶은 있을 수 없다. 이 의문은 이렇다. '내가 오늘 하고 있는 일

에서 무엇이 생길까? 내가 내일 하게 될 일에서 무엇이 생길까? 나의 전 생애에서 무슨 일이 생길까?'

이 의문을 달리 표현하면 이렇다. '왜 나는 살아야 하고, 왜 무언가를 원해야 하고, 왜 무언가를 해야 하는가?' 이 의문을 또 이렇게 표현할 수도 있다. '불가피하게 내게 닥쳐올 죽음에 소멸되지 않을 어떤 의미가 내 삶 속에 있는가?'

나는 동일하지만 달리 표현되는 이 의문에 대한 답을 인간의 지식 속에서 찾았다. 이 의문에 관한 인간의 모든 지식은 마치 마주 보는 두 개의 반구半球처럼 나눠질 수 있는데, 마주 보는 반구의 양 끝에 두 개의 극極이 있다는 것을 나는 발견했다. 하나는 부정적인 극이고, 다른 하나는 긍정적인 극이다. 하지만 어떤 극에도 삶의 문제에 대한 답은 없었다.

어떤 일련의 지식은 이 의문을 인정하지 않는 것 같지만, 독자적으로 제기한 자신의 의문들에 대해 분명하고 정확하게 답하고 있다. 이것은 일련의 경험적 지식들인데, 이 지식들의 극점에 수학이 있다. 다른 일련의 지식은 이 의문을 인정하지만, 이 의문에 대해 답하지 않는다. 이것은 일련의 사변적 지식들이고, 이 지식들의 극점에 형이상학이 있다.

나는 아주 젊은 시절부터 사변적 지식들에 관심이 있었지만, 그다음엔 수학과 자연과학에 마음이 끌렸다. 나는 자신의 의문을 분명히 제기하고, 이 의문이 내 마음속에서 성숙될 때까지 집요하게 의눈에 대한 답을 요구하면서, 지금껏 지식이 주는 이 의문에 대한 가짜 답들에 만족해 왔다.

경험적 영역에서 나는 자신에게 말했다. '모든 것은 발전하고 분화하며, 복잡화와 향상을 향해 움직인다. 이 운동을 지도하는 법칙이 있다. 너는 전체의 일부분이다. 가능한 한 전체를 인식하고, 발전의 법칙을 인식하고 나면 너는 이 전체 속에서 자신의 자리와 자기 자신을 인식하리라.' 고백하기가 부끄럽지만, 나는 이런 논리에 만족했던 때가 있었던 것 같다. 나 자신이 복잡해지고 발전한 것은 바로 그런 때였다. 내 근육이 자라서 단단해졌고, 기억력은 좋아졌으며, 사고력과 인식력도 높아졌다. 나는 내 안에서 이런 성장을 느끼면서 발육하고 발전했다. 바로 이것이 전 세계의 법칙이며, 그 속에서 나는 내 삶의 의문들에 대한 답을 찾을 거라고 자연스럽게 생각했다.

그러나 내 안에서 성장이 멈추는 시기가 왔다. 나는 더 이상 성장하지 않고 말라붙고, 근육은 약해지고, 이가 빠진다는 것을 느꼈다. 나는 이 성장의 법칙이 나에게 아무것도 설명해 주지 못할 뿐만 아니라 이런 법칙이 결코 존재하지 않았고, 존재할 수도 없다는 것을 알았다. 그리고 나는 내 인생의 일정한 시기에 내 안에서 발견했던 것을 법칙으로 받아들였음을 알았다. 나는 이 법칙의 정의를 더 엄밀하게 알아봤다. 그 결과 나는 영원한 발전의 법칙은 존재할 수 없다는 사실을 분명히 알게 되었다. 그리고 무한한 공간과 시간 속에서 모든 것이 발전하고, 완성되고, 복잡해지고, 분화된다고 말하는 것은 실제로 아무것도 말하지 않는 것임을 분명히 알게 되었다. 이 모든 것이 무의미한 말들이다. 무한 속에는 복잡한 것도, 단순한 것도, 앞도,

뒤도, 더 좋은 것도, 더 나쁜 것도 없기 때문이다.

중요한 것은 내 개인적 의문, 즉 '욕망을 가진 나는 도대체 무엇인가?'라는 의문이다. 이 의문은 이미 전혀 답이 없는 상태로 남겨져 있다. 나는 지식이 매우 흥미롭고 매우 매력적이라는 사실을 깨달았지만, 지식의 정확성과 명료성은 삶의 문제들에 대한 지식의 적합성에 반비례한다는 것을 알았다. 즉, 지식이 삶의 의문들에 덜 적합할수록 그 지식은 더 정확하고 더 명료하며, 지식이 삶의 문제를 해결하려고 할수록 그 지식은 더 불명료해지고 덜 매력적이 된다는 것이다. 만약 삶의 의문들을 해결하려고 하는 지식의 한 분야인 생리학, 심리학, 생물학, 사회학에 관심을 기울인다면, 여기서 우리는 사상의 빈곤성과 극단적인 불명료성, 자기 영역 밖의 문제를 해결하겠다는 전혀 부당한 주장, 그리고 한 사상가와 다른 사상가들, 심지어 자기 자신과의 끊임없는 모순과 부닥치게 된다. 만약 삶의 의문들을 해결하는 데는 관심 없지만 자신의 학문적이고 전문적인 의문들에 대해 답하는 지식의 한 분야에 관심을 기울인다면, 우리는 인간의 지력智力에 황홀해하겠지만 이 분야의 지식은 삶의 의문들에 대해 답을 주지 못한다는 것을 미리 알게 될 것이다. 이 분야의 지식은 삶의 의문을 간단히 무시하며 이렇게 말한다. '당신이 도대체 무엇이며, 당신이 왜 사는지에 대해 우리는 답을 갖고 있지 않고, 이런 문제에 관심도 없다. 그런데 당신이 빛의 법칙, 화학적 결합의 법칙, 유기체의 발달 법칙을 알필요가 있다면, 만약 당신이 신체의 법칙, 신체 형식의 법칙, 수와 양의 관계를 알 필요가 있다면, 당신이 자신의 마음의 법칙을 알 필요가 있다면, 우리는 이 모든 것에 대해 명확하고 의심의 여지없는 답들을 갖고 있다.'

대체로 삶의 문제에 대한 경험적 지식의 태도는 다음과 같이 표현될 수 있다.

질문: "나는 왜 사는가?"

답: "무한히 넓은 공간과 무한히 긴 시간 속에서 무한히 작은 소립자들은 무한한 복잡성 속에서 변형된다. 당신이 이 변형의 법칙을 이해할 때, 당신이 왜 사는지 이해하게 될 것이다."

사변적 영역에서 나는 자신에게 이렇게 말하고는 했다.

"전 인류는 정신적 원칙, 즉 인류를 인도하는 '이상'에 기초하여 살면서 발전한다. 이 이상은 종교, 과학, 예술, 국가의 형태 속에 표현된다. 이 이상은 점점 더 높아지고, 인류는 최고의 행복을 향해 나아간다. 나는 인류의 한 부분이므로 나의 사명은 인류의 이상을 인식하고 실현하도록 일조하는 것이다." 나는 지력이 빈약할 때, 이것에 만족했다. 그러나 삶의 의문이 내안에서 곧 분명하게 생기자마자 이 모든 이론이 순식간에 허물어졌다. 이런 종류의 지식은 인류의 한 작은 부분의 연구에서 얻어진 결론을 불성실하고 모호하게 일반화할 뿐만 아니라 인류의 이상이 무엇인지에 대해 이 관점을 지지하는 다양한 사람들은 서로 반박한다. 이 관점의 어리석음뿐만 아니라 기묘함은 우리 모두가 직면한 의문, 즉 '나는 도대체 무엇인가?', '나는 왜 사는가?', '나는 무엇을 해야만 하는가?'라는 의문에 대답해야 한다는 데 있다. 그리고 사람은 우선 이 문제를 해결해야 한다. "우리는 인류의 삶에서 극히 짧은 한 순간의 극히 작은 한 부분만을 알고 있는데, 우리가 모르는 전 인류의 삶이란 대체 무엇인가?" 인간이란 대체 무엇인지 알려면, 인간은 우선 자신처럼 자기 자신을 알지 못하는 사람들로 구성된 이 불가사의한 인류 전체가 대체 무엇인지를 알아야 한다.

내가 이것을 믿었던 때가 있었다고 고백해야만 한다. 내가 좋아하는 이상이 있었고, 이 이상이 나의 변덕을 정당화해 주던 때였다. 그래서 나는 자신의 변덕을 인류의 법칙으로 볼 수 있는 이론을 고안하려고 했다. 하지만 내 안에서 삶의 의문이 아주 명료하게 떠오르자마자, 기존의 답은 즉시 먼지처럼 흩어져 버렸다. 나는 경험적 학문 안에 진짜 학문과 자기 분야가 아닌 문제에 답하려고 하는 유사 학문이 있고, 이 유사 학문 분야에 자신의 영역이 아닌 의문들에도 답하려고 하는 일련의 가장 광범위한 지식이 있음을 깨달았다. 이 분야의 유사 학문인 법학, 사회학, 사학은 각각 자기 방식으로, 거짓으로 전 인류의 삶의 의문을 해결함으로써 인간의 의문을 풀려고 노력하고 있다.

하지만 '나는 어떻게 살아야만 하나?'라고 진정으로 묻는 사람은 경험적 지식의 분야에서처럼 다음과 같은 답변에 만족할 수 없다. '무한한 공간과 무한한 시간 속에서 무한한 소립자 변화의 복잡성을 연구하라. 그러면 당신은 삶을 이해할 것이다.' 이와 마찬가지로 성실한 사람은 이런 답변에도 만족할 수 없다. '우리는 인류의 시작도 끝도 알 수 없으며, 인류의 작은 부분마저도 알 수 없다. 그러니 전 인류의 삶을 연구하라. 그러면 당신은 자신의 삶을 이해할 것이다.' 그리고 경험적 유사 학문에서와 마찬가지로 이 유사 학문이 더 불명료하고, 더 부정확하고, 더 어리석고, 더 모순적일수록 자신의 과제에서 더 멀리 벗어나게 된다. 경험적 학문의 과제는 물질적 현상들의 인과론적 관계를 밝히는 것이다. 경험적 학문에 최종 원인에 관한 문제를 도입하면 그 즉시 난센스가 된다. 사변적 학문의 과제는 인과성을 넘어선 삶의 본질을 인식하는 것이다. 사회적 현상이나 역사적 현상 같은 인과적 현상을 연구하면 그 즉시 난센스가 된다.

경험적 학문은 자신의 연구에 근본 원인을 도입하지 않을 때에만 긍정적인 지식을 제공하고 인간 지력의 위대함을 보여 준다. 이와는 반대로 사변적 학문은 인과적 현상의 연속성에 관한 의문을 완전히 버리고, 근본 원인과의 관계 속에서 인간을 고찰할 때만 학문이고, 인간 지력의 위대함을 보여 준다. 이 분야에서 반구의 한 극을 이루는 학문으로 형이상학 혹은 사변철학이 있다. 이 학문은 다음과 같이 분명하게 문제를 제기한다. "나와 우주는 대체 무엇인가? 내가 왜 존재하고, 우주가 왜 존재하는가?" 사변철학이 존재한 이후로 그것은 늘 똑같이 대답한다. 철학자는 내 안과 존재하는 모든 것 속에 있는 생명의 본질을 이데아, 실체, 정신, 의지라고 부른다. 철학자는 똑같은 것을 말한다. 본질이 존재하는데 '나 자신'이 바로 그 본질이라는 것이다. 하지만 본질이 왜 존재하는지를 철학자는 모르고, 그가 진정한 사상가라면 대답하지도 못한다. 나는 이렇게 질문한다. "왜 이 본질은 존재하는가? 본질이 존재하고, 존재하리란 사실에서 무엇이 생길까?" 철학은 대답하지 못할 뿐만 아니라 그저 똑같은 것만을 질문한다. 만약 진정한 철학이라면, 철학이 할 수 있는 모든 일은 이 질문을 명확하게 제기하는 것이다. 만약 철학이 자신의 임무를 굳건히 견지하고 있다면, "나와 우주는 도대체 무엇인가?"라는 질문에 "모든 것이자 무無"라고 대답할 수밖에 없고, "왜 세계가 존재하고, 왜 내가 존재하는가?"라는 질문에 "나는 모른다."라고 대답할 수밖에 없다.

그리하여 내가 철학의 사변적인 답들을 아무리 왜곡하더라도, 나는 답다운 답을 결코 얻지 못할 것이다. 그것은 명료한 경험적 학문 분야에서처럼 그 답이 나의 질문과 무관하기 때문이 아니라, 모든 지적인 작업이 내 질문을 향하고 있지만 답이 없고, 답 대신에 단지 복잡한 형태로 동일한 질문이 반복되기 때문이다.

6.

삶의 의문에 대한 답을 찾는 동안에 나는 숲속에서 길을 잃은 사람과 완전히 똑같은 기분을 느꼈다.

나는 숲속의 풀밭으로 걸어 나와서 나무 위로 올라가 끝없이 펼쳐진 공간을 분명히 보았다. 그러나 거기에는 집이 없고, 있을 수도 없었다. 그래서 캄캄한 숲속으로 들어가 어둠을 보았지만 역시 집은 없었다. 이렇게 나는 자신에게 드넓은 지평선을 열어 준 수학적 지식과 경험적 지식 사이에 있는 인간 지식의 숲속에서 방황했다. 하지만 이 방향에도 집이 있을 수 없었다. 내가 사변적 지식의 어둠 속에서 더 짙은 어둠 속으로 빠져들어 갈수록, 나는 더 멀리 나아갔다.

지식의 밝은 측면에 몰입하면서 내가 단지 의문으로부터 눈을 돌리고 있다는 사실을 깨달았다. 내 앞에 펼쳐진 지평선이 아무리 매력적이고 선명하다고 해도, 내가 이 지식들의 무한 속으로 빠져드는 것이 아무리 매혹적이라고 해도, 이 지식들이 더욱 선명하면 선명할수록 나에게는 더욱 불필요하고, 내 의문에 더 답변하지 못한다는 사실을 나는 깨달았다.

나는 자신에게 이렇게 말했다. '그래, 난 학문이 그토록 집요하게 알고 싶어 하는 모든 것을 알고 있다. 그런데 삶의 의문에 대한 대답은 이 길 위에는 없다.' 사변적인 분야에는 삶의 의문에 대한 답이 없음에도 불구하고, 아니 오히려 삶의 의문에 대한 답이 없기 때문에 나는 지식의 목적이 내 의문에 직접 답하는 것임을 깨달았다. 내가 자신에게 준 다음과 같은 답변 말고 다른 답은 없다.

질문: "내 삶의 의미는 무엇인가?"
　답: "아무 의미도 없다."
질문: "내 삶에서 무슨 일이 생길까?"
　답: "아무 일도 생기지 않는다."
질문: "존재하는 모든 것은 왜 존재하고, 나는 왜 존재하는가?"
　답: "그저 존재하고 있기 때문이다."

내가 인간 지식의 한 분야에 질문했을 때, 나는 내가 질문하지 않았던 것에 대해 수없이 많은 정확한 답을 받았다. 즉, 별들의 화학적 성분, 헤라클레스 성좌를 향해 움직이는 태양, 종의 기원과 인간의 기원, 무한히 작은 원자들의 형태, 무한히 작고 가벼운 에테르 입자의 진동 등에 대한 답을 받았다. 하지만 이 지식의 분야에서 '내 삶의 의미는 무엇인가?'라는 내 의문에 대한 대답은 하나였다. '너는 네가 너의 생명이라고 부르는 것이다. 너는 미립자들의 일시적이고 우연적인 결합이다. 이 미립자들의 상호작용과 변화가 네가 너의 생명이라고 부르는 것을 네 안에서 생산한다. 이 결합은 잠시 잔존할 것이다. 그다음에 이 미립자들의 상호작용은 멈출 것이고, 네가 생명이라고 부르는 것도 정지할 것이다. 그럼, 너의 모든 의문도 끝날 것이다. 너는 무언가가 우연히 결합된 작은 덩어리다. 이 작은 덩어리는 현재 분해되고 있으며, 이 덩어리가 분해되면서 부글부글 끓는 것을 생명이라고 부른다. 이 작은 덩어리가 완전히 분해되면 생명도 끝나고, 모든 의문도 없어질 것이다.' 명확한 관점의 지식은 이렇게 답한다. 만약 이 분야의 지식이 그 나름의 원칙을 엄격하게 지킨다면, 다른 답변을 할 수가 없다.

그러나 이런 답은 사실 나의 의문에 대한 대답이 아니다. 나는 내 삶의 의미를 알 필요가 있다. 나의 삶이 무한성의 일부라는 사실이 나의 삶에 의미를 부여하지 않을 뿐만 아니라 가능한 온갖 의미를 없애고 있다.

경험적이고 엄밀한 지식의 한 분야는 사변적인 지식과 애매하게 절충하여 '삶의 의미는 발전에 있고, 이 발전을 촉진하는 데 있다'고 말한다. 그러나 이 역시 부정확하고 모호해서 답으로 간주될 수 없다.

지식의 다른 분야인 사변 철학은 자신의 원칙을 엄격히 고수하면서 질문에 직접 대답할 경우, 언제 어디서나 이렇게 똑같이 대답했고, 대답하고 있다. "세계는 무한하고 이해할 수 없는 그 무엇이다. 인간의 삶은 이해할 수 없고, 이해할 수 없는 '전체'의 일부분이다." 다시 나는 유사 학문의 온갖 군더더기, 이른바 법학, 정치학, 역사학을 만들어 내는 사변적 학문과 경험적 학문 사이의 모든 절충을 배제한다. 발전과 완성의 개념이 이런 학문에도 똑같이 잘못 도입되고 있다. 단지 차이가 있다면, 어떤 경우엔 모든 것의 발전을 의미하고, 다른 경우엔 사람들의 삶의 발전을 의미한다는 것이다. 부정확하다는 점이 동일하다. 무한 속의 발전과 완성은 목적도 방향성도 가질 수 없기 때문에 나의 의문에 대해 아무것도 답하지 못한다.

엄밀한 사변적 지식, 즉 진정한 철학은 쇼펜하우어가 강단 철학이라고 부른 철학과는 달리 (강단 철학은 모든 존재하는 현상을 새로운 철학적 항목에 따라 나누고, 그것들에 새로운 명칭을 부여한다) 항상 동일한 답을 내놓는다. 소크라테스, 쇼펜하우어, 솔로몬, 부처가 내놓은 답이다.

소크라테스는 죽음을 준비하면서 이렇게 말했다. "우리는 삶에서 멀어지는 만큼만 진리에 가까이 다가간다. 진리를 사랑하는 우리가 삶에서 무엇을 갈망하는가? 우리는 육체로부터 벗어나기를 갈망하고, 육체에서 흘러나오는 모든 악으로부터 벗어나기를 갈망한다. 만약 그렇다면, 죽음이 우리에게 다가올 때, 우리가 어찌 기뻐하지 않으랴?"

"현자는 평생 죽음을 희구한다. 그래서 현자에겐 죽음이 두

럽지 않다."

쇼펜하우어는 이렇게 말했다. "만약 우리가 세계의 내적 본질을 의지라고 인식한다면, 만약 우리가 자연의 어두운 힘들의 무의식적 지향에서부터 의식으로 충만한 인간 활동에 이르는 모든 현상들 속에서 이 의지의 구체성만을 인식할 수 있다면, 우리는 의지의 자유로운 부정 및 자살과 더불어 모든 현상들, 즉 세계를 이루고 있는 구체성의 모든 단계에서 나타나는, 목적과 휴식이 없는 끊임없는 지향과 갈망은 사라질 것이고, 다양한 인과적 형식도 사라질 것이며, 보편적 형식과 공간 및 시간을 가진 모든 현상들은 형식과 함께 사라질 것이다.

결국, 세계의 최종 근본 형식인 주체와 객체도 사라질 것이라는 결론에 반드시 다다를 것이다. 의지도 없고, 관념도 없고, 세계도 없다. 물론 우리 앞에는 무無만 남는다. 그러나 무로의 전환을 반대하는 것, 즉 우리의 본성은 바로 삶을 향한 의지 Wille zum Leben이며, 우리 자신과 세계는 삶을 향한 의지로 만들어져 있다. 우리가 그토록 무를 두려워하고 살고 싶어 하는 것은 우리 자신이 다름 아닌 바로 삶의 욕망이기 때문이며, 삶의 욕망 외에 우리가 아무것도 모른다는 것을 의미할 뿐이다. 따라서 의지가 완전히 소멸한 이후, 아직도 의지로 충만한 우리에게 남는 것도 물론, 무다. 이와 반대로, 자기 의지를 바꾸고 포기한 사람들에겐 태양과 은하수가 있는, 우리의 이 실제적인 세계가 무다."

솔로몬은 이렇게 말했다. "헛되고 헛되다. 헛되고 헛되니 모든 것이 헛되다! 사람이 태양 아래에서 행하는 모든 수고 가운데 사람에게 유익한 것이 무엇인가? 한 세대는 가고, 다른 세대가 오는데, 땅은 영원히 있다. 이미 있었던 것이 앞으로도 있겠고, 이미 행해진 일이 앞으로도 행해지리라. 태양 아래 새로운 일은 아무것도 없다. 사람들이 말하길, '보라, 이것이 새롭다'고 하지만, 무엇이 새롭다는 것인가? 이것은 이미 오래전 세대에도 있었다. 이전 세대에 대한 기억이 없으니 향후 세대에 대해서도 그 후 세대가 기억하지 못할 것이다. 나, 전도자는 이스라엘의 왕이었다. 나는 태양 아래 행해지는 모든 것을 마음을 다해 지혜를 써서 연구하고 찾았다. 하느님이 사람의 아들들에게 이 괴로운 일을 주어 수고하게 하신 것이다. 내가 태양 아래에서 행해지는 모든 것을 보았는데, 그 모든 게 다 헛되고 괴로움이다…. 나는 이렇게 마음속으로 말했다. 나는 극구 찬양을 받았고, 나보다 먼저 예루살렘에 있었던 모든 사람들보다 더 큰 지혜를 얻었다. 내 마음도 많은 지혜와 지식을 보았다. 나는 지혜를 알려고, 미친 것과 어리석은 것을 알려고 마음을 다했으나, 이것도 괴로움인 것을 알았다. 지혜가 많으면 번뇌도 많으니, 지식을 더하는 자는 슬픔을 더하는 것이다."

"나는 마음속으로 이렇게 말했다. 내가 너를 즐거움으로 시험할 것이니, 너는 실컷 즐겨라. 그러나 이것도 헛되다. 나는 웃음을 어리석은 것이라고 말했고, 환락에 대해서는 '그것이 무엇을 하는가?'라고 말했다. 나는 내 마음이 어떻게 해야 지혜로 다스림을 받으면서 술로 내 육신을 즐겁게 할 수 있을지 마음속으로 생각했다. 또 인간의 아들들에게 좋은 것이 무엇인지, 그들이 살아 있는 동안 하늘 아래에서 무엇을 해야만 하는지 내가 알 수 있을 때까지 나는 어리석은 짓을 해야만 했다. 나는 거대한 일에 착수했다. 나는 날 위해 집을 지었고, 포도원을 가꾸었다. 그리고 날 위해 정원과 숲을 조성했고, 거기에 각종 유실수를 심었으며, 나무들이 자라는 숲에 물을 주기 위해 저수지를 만들었다. 또 많은 하인과 하녀를 샀고, 내 집에서 사는 하인들도 있었다. 나는 나보다 먼저 예루살렘에서 살았던 그 누구보다도 더 많은 크고 작은 가축들을 소유했다. 그리고 나는 은과 금을 모았고, 왕들과 여러 지방에서 보배들을 모았으며, 남녀 가수들과 인간의 아들들이 좋아하는 다양한 악기를 가지고 있었다. 나는 나보다 먼저 예루살렘에서 살았던 그 누구보다도 더 위대한 사람이 되었고, 더 큰 부자가 되었다. 그리고 지혜가 늘 나와 함께했다. 내 눈이 무엇을 원하든 나는 그것을 금하지 않았고, 내 마음이 즐거워하는 것을 막지 않았다. 내 손으로 이룬 모든 일과 내가 한 모든 수고를 둘러보니, 모든 게 헛되고 괴로움뿐이며, 태양 아래 모든 것이 무익할 뿐이다. 나는 지혜와 미친 짓, 그리고 어리석은 짓을 보았다. 하지만 그들 모두에게 나는 하나의 운명이 덮치는 것을 보았다. 마음속으로 나는 이렇게 말했다. 어리석은 자의 운명이 내게도 닥칠 텐데, 무엇 때문에 이토록 지혜로운 자가 되었는가? 나는 마음속으로 '이것도 헛되다'고 말했다. 사람들이 어리석은 자를 기억하지 못하듯이 지혜로운 자도 영원히 기억하지 못하리니, 미래에는 다 잊힐 것이다. 아아, 지혜로운 자도 어리석은 자와 똑같이 죽는다! 그래서 나는 삶을 혐오했다. 태양 아래에서 행해진 일들이 내게 역겨웠는데, 모든 것이 헛되고 괴로웠기 때문이다. 그리고 나는 태양 아래에서 내가 한 모든 수고도 혐오했다. 내 뒤에 올 사람에게 나의 노동을 남겨야 했기 때문이다. 사람이 태양 아래에서 수고하는 모든 노동과 마음의 번민에서 무엇을 얻을 수 있는가? 그의 모든 나날은 슬픔뿐이고, 그의 수고는 근심뿐이기 때문이다. 밤에도 그의 마음은 쉬지 못한다. 그러니 이것도 헛되다. 사람이 먹고 마시고, 노동으로 마음의 즐거움을 얻는 행복은 사람의 손에 달린 것이 아니다……."

"모든 것과 모든 사람에게 찾아오는 운명은 똑같다. 경건한 사람과 죄 많은 사람, 선한 사람과 악한 사람, 순결한 사람과 순결하지 않은 사람, 제사를 올린 사람과 제사를 올리지 않은 사람의 운명이 다 똑같고, 선한 사람과 죄인, 맹세하는 사람과 맹세하지 않는 사람의 운명도 다 마찬가지이다. 하늘 아래 행해진 모든 것들 가운데 나쁜 것이 있으니, 그것은 모든 사람의 운명이 다 똑같다는 것이다. 사람들의 마음에 가득 찬 악과 살아 있는 동안 마음에 품은 미친 생각은 그 후 죽은 자에게로 간다. 살아 있는 자에게 희망이 있는 것은 죽은 사자보다 살아 있는 개가 더 낫기 때문이다. 산 사람들은 자기가 죽으리라는 것을 알지민 죽은 사람늘은 아무것도 모른다. 죽은 사람들이 더 이상 상도 받지 못하는 것은 아무도 그들을 기억하지 못하기 때문이다. 그들의 사랑도, 그들의 미움도, 그들의 질투도 이미 사라졌다. 하늘 아래에서 행해지는 어떤 일에서도 저들에게 더 이상 영광은 없다."

솔로몬과 이 말들을 쓴 사람이 이렇게 말했다.

다음은 인도의 현자가 한 말이다.

병, 늙음, 죽음을 본 적이 없는 행복한 젊은 왕자 석가모니가 산책을 나갔다가, 이가 없고 침을 질질 흘리고 있는 한 노인을 보았다. 여태까지 늙음을 본 적이 없던 왕자는 깜짝 놀라서 마부에게 물었다. "이게 도대체 무엇이냐? 왜 저 사람은 가엾고 혐오스럽게 저토록 흉측한 모습을 하고 있느냐?"

이것이 모든 사람들의 보편적인 운명이고, 자기도 곧 이를 피할 수 없다는 사실을 알게 된 왕자는 더 이상 산책을 할 수 없었고, 이 문제를 깊이 생각하기 위해 궁으로 돌아가자고 명령했다. 왕자는 혼자 방 안에 틀어박혀 깊이 생각했다. 아마 무슨 위안거리를 생각해 냈는지, 그는 다시 즐겁고 행복해져서 산책을 나갔다.

하지만 이번에 왕자는 병자와 마주쳤다. 왕자는 흐리멍덩한 눈에 극도로 쇠약하고 낯빛이 창백한 병자가 비틀거리며 걸어오는 것을 보았다. 병을 본 적이 없는 왕자는 걸음을 멈추고 저것이 도대체 무엇이냐고 물었다. 이는 모든 사람이 걸리는 병이며, 건강하고 행복한 왕자는 자신도 내일 병에 걸릴 수 있다는 사실을 깨닫고 다시 즐거운 기분을 잃고서 궁으로 돌아가자고 했다. 왕자는 다시 위안을 찾기 시작했고, 아마 위안을 찾았는지 세 번째 산책을 나갔다.

　그러나 세 번째 산책에서 왕자는 또 새로운 광경을 보았는데, 사람들이 무언가를 나르고 있었다. 왕자가 물었다.

"저게 무엇이냐?"

"송장입니다."

"송장이 무엇이냐?"

"송장이란 이 사람처럼 되는 것입니다."

　왕자는 송장에게 다가가 거적을 벗기고 송장을 보았다.

"앞으로 이 송장은 어떻게 되느냐?" 왕자가 물었다.

"땅에 묻히게 됩니다."

"왜 땅에 묻지?"

"이제 이 사람은 더 이상 살아나지 못하여 악취만 풍기고 구더기만 들끓기 때문입니다."

"그럼 이것이 모든 사람의 운명이란 말이냐? 내게도 이런 일이 일어난단 말이지. 나도 땅에 묻히고, 내게서도 악취가 나고, 구더기가 내 몸을 파먹는단 말이지?"

"예."

"돌아가자! 산책하고 싶지 않다. 이제 더는 산책하지 않을 것이다."

　석가모니는 삶에서 위안을 찾을 수 없었다. 그는 삶이 최대의 악이라고 단정했고, 스스로 삶에서 벗어나고, 다른 사람들을 삶에서 벗어나게 하기 위해 전심전력했다. 그는 죽은 후에도 생명이 부활하지 않도록, 즉 생명을 본질적으로 완전히 죽이기 위해 해탈에 전력을 기울였다. 인도의 모든 현자들이 이에 대해 말하고 있다.

다음은 인간의 지혜가 삶의 의문에 대해 대답할 때 주는 솔직한 답들이다.

소크라테스가 말했다.

"육체의 삶은 악이자 거짓이다. 따라서 이 육체의 삶을 없애는 것이 선이고, 우리는 이 선을 갈망해야만 한다."

쇼펜하우어가 말했다.

"삶은 존재하지 말았어야 하는 악이다. 그러므로 무無로의 전환은 삶의 유일한 선이다."

솔로몬이 말했다.

"세상의 모든 것, 즉 어리석음도, 지혜도, 부도, 가난도, 즐거움도, 고통도 모두 헛되고 하잘것없는 것이다. 사람이 죽으면 아무것도 남지 않는다. 이것도 어리석은 일이다."

부처가 말했다.

"고통, 연약함, 늙음, 죽음의 불가피성을 의식하면서 살아갈 수는 없다. 우리는 자신을 삶에서, 삶의 온갖 가능성에서 벗어나게 해야만 한다."

이 위대한 현자들이 한 말은 그들과 비슷한 수많은 사람들이 말하고, 생각하고, 느꼈던 것들이다. 나도 그렇게 생각하고 느낀다.

이처럼 지식 속에서의 나의 방황은 나를 절망에서 빼내지 못했을 뿐만 아니라 나의 절망을 더 키웠을 뿐이다. 어떤 지식은 삶의 의문에 대답하지 못했고, 다른 지식은 나의 의문에 대답했지만 나의 절망을 직접 확인해 주었고, 내가 도달한 결론이 나의 망상이나 병적인 정신 상태의 결과가 아님을 보여 주었다. 반대로, 다른 지식은 내 생각이 옳았고 인류의 가장 위대한 현자들의 결론과 일치한다는 사실을 내게 확인시켜 주었다.

　자신을 기만할 필요가 없다. 모든 것은 헛되다. 태어나지 않은 자가 행복하고, 죽음이 삶보다 더 낫다. 그러므로 삶에서 벗어나야만 한다.

7.

지식에서 해명을 찾지 못한 나는 내 주변 사람들 속에서 찾기를 기대하며 삶 속에서 해명을 찾기 시작했다. 나는 나와 같은 사람들을 관찰하기 시작했다. 즉, 그들이 내 주변에서 어떻게 살고 있고, 나를 절망으로 이끈 이 문제를 어떻게 대하는지 관찰하기 시작했다. 나는 교육 수준이나 생활 방식이 나와 똑같은 상태에 있는 사람들에게서 다음과 같은 것을 발견했다.

나와 같은 계층의 사람들에겐 자신이 처한 끔찍한 상태에서 벗어나는 방법이 네 가지가 있었다.

첫 번째는 무지의 방법이다. 이 방법은 삶이 악이고 무의미한 것임을 알지도 못하고 이해하지도 못하는 것이다. 이 부류의 사람들은 대부분 여자들[3]이거나 아주 젊거나 아주 어리석다. 그들은 쇼펜하우어와 솔로몬, 부처에게 나타났던 삶의 문제를 아직 이해하지 못했다. 그들은 자신을 기다리고 있는 용도 보지 못하고, 자신이 붙잡고 있는 관목을 갉아먹고 있는 쥐들도 보지 못한 채 꿀방울을 핥고 있다. 그러나 그들은 잠시 꿀방울을 핥을 뿐이다. 뭔가가 그들의 주의를 용과 쥐들에게로 돌릴 것이고, 그러면 꿀방울 핥기도 끝이 난다. 그들에게서는 배울 게 아무것도 없고, 우리는 우리가 알고 있는 것을 계속 알아야만 한다.

두 번째는 쾌락의 방법이다. 이 방법은 삶이 절망임을 알면서 잠시 현재의 행복을 만끽하며 용도 쥐들도 쳐다보지 않는 것이다. 특히 관목에 꿀이 많이 있을 때, 최선의 방법으로 꿀을 핥는 것이다. 솔로몬은 이 방법을 이렇게 표현했다.

"내가 환락을 찬미했으니, 태양 아래에서 사람이 먹고, 마시고, 즐기는 것보다 더 좋은 것이 없기 때문이다. 하느님이 태양 아래에서 사람에게 허락한 삶 동안 수고하는 가운데 이것이 늘 함께 있을 것이다……. 그러니 너는 가서 즐겁게 네 빵을 먹고, 즐거운 마음으로 네 포도주를 마셔라……. 헛된 삶의 하루하루를 네가 사랑하는 아내와 함께 인생을 즐겨라. 이것은 태양 아래에서 네가 수고한 노동과 삶에서 얻은 너의 몫이다. 네 손이 할 수 있는 모든 것을 온 힘을 다해서 하라. 네가 가게 될 무덤에는 일도, 생각도, 지식도, 지혜도 없기 때문이다."

---

3 이 글은 1880년노에 쓰인 글이며, 여성 참정권이 인정받기 이전에 쓰인 글이다. 그 당시의 여성에 대한 인식을 알 수 있는 부분이다. 러시아에서 여성 참정권이 인정된 시기는 1917년 소비에트 러시아 시기이다. —옮긴이

우리 계층에 속한 사람들 대부분이 이 두 번째 방법을 따르고 있다. 그들이 치한 상황 덕분에 그들은 악보다 선을 더 많이 취한다. 그러나 그들은 도덕적으로 둔감해서 자신의 특권적 지위가 우연적이고, 모든 사람이 솔로몬처럼 천 명의 아내와 여러 궁전을 소유할 수 없다는 사실을 망각한다. 또 각자가 천 명의 아내를 소유하면 천 명의 남자에게 아내가 없고, 궁전 하나를 세우려면 천 명의 남자가 얼굴에 땀을 흘려야 한다는 사실을 망각한다. 그리고 오늘의 나를 솔로몬으로 만든 우연성이 내일에 나를 솔로몬의 노예로 만들 수 있다는 사실을 잊는다.

이런 사람들은 상상력이 둔감해서 부처를 불안하게 했던 것, 즉 머지않아 이 모든 즐거움을 파괴할 병과 늙음과 죽음의 불가피성에 대해 잊는다. 이 사람들 가운데 몇몇은 자신의 둔감한 생각과 상상력을 소위 실증 철학이라고 단언한다. 내 생각에 그들은, 문제를 보지 못하고 꿀을 핥고 있는 부류의 사람들과 다르지 않다. 나는 이런 사람들을 흉내 낼 수 없었다. 그들의 둔감한 상상력을 갖고 있지 않았던 나는 내 안에서 우둔한 상상력을 인위적으로 만들어 낼 수 없었다. 살아 있는 사람은 누구나 쥐들과 용을 한번 보면 그들에게서 눈을 뗄 수 없듯이, 나도 그들에게서 눈을 뗄 수 없었다.

세 번째는 힘과 활력의 방법이다. 이 방법은 삶이 악이자 무의미하다는 것을 깨달은 후 삶을 파괴하는 것이다. 소수의 강하고 철저한 사람들이 이렇게 행동한다. 자신들을 웃음거리로 만든 온갖 어리석은 장난을 깨닫고 나서, 죽은 자들의 행복이

산 자들의 행복보다 더 크고, 존재하지 않는 것이 최고의 행복임을 깨달은 그들은 이에 따라 행동하고, 즉각적으로 가용한 수단들(목을 맬 올가미, 물, 심장을 찌를 칼, 철로의 기차 등)을 사용하여 이 어리석은 장난을 끝낸다. 우리 계층에 속한 사람들 중 이렇게 행동하는 사람들이 점점 더 많아지고 있다. 대체로 사람들은 인생의 절정기에, 즉 정신의 힘이 활짝 피고 인간의 이성을 훼손하는 습관이 아직 몸에 배지 않았을 때 이렇게 행동한다. 나는 이것이 삶에서 벗어나는 가장 가치 있는 방법이라고 생각하고, 이렇게 행동하고 싶었다.

네 번째는 나약함의 방법이다. 이 방법은 삶이 악이고 무의미하다는 사실을 깨닫고, 삶에서 아무것도 나올 수 없다는 사실을 알면서도 삶을 계속 끌고 가는 것이다. 이 부류에 속한 사람들은 죽음이 삶보다 더 낫다는 것을 알고 있지만, 합리적으로 행동할 힘이 없고, 빨리 기만적인 삶을 끝내거나 자살할 힘이 없어서 마치 무언가를 기다리고 있는 것 같다. 이것이 나약함의 방법이다. 내가 더 좋은 것을 알고 있고, 그것이 내 손안에 있다면, 왜 내가 더 좋은 것에 몸을 맡기지 않는가? 나는 이 부류에 속해 있었다.

이렇게 나와 같은 계층에 속한 사람들은 네 가지 방법을 통해 끔찍한 모순에서 벗어나고 있다. 나는 지적인 관심을 기울였지만, 이 네 가지 방법 외에 또 다른 방법을 발견할 수 없었다. 첫 번째 방법은 삶이 무의미하고, 헛되고, 악이라는 것을 이해하지 못하고, 삶을 끝내는 것이 더 낫다는 사실을 깨닫지 못한다. 나는 삶이 무의미하고, 헛되고 악하다는 것을 알지 않을 수 없었고, 일단 알고 나서는 이것을 외면할 수 없었다. 두 번째 방법은 미래에 대해 생각하지 않고, 현재 있는 그대로의 삶을 누리는 것이다. 그런데 나는 그렇게 할 수 없었다. 석가모니처럼 노화와 고통, 죽음의 존재를 알았을 때, 나는 사냥에 나갈 수 없었다. 나의 상상력은 지나치게 풍부했다. 게다가 나는 내 삶에 순간적으로 쾌락을 던져 주었던 잠깐 동안의 우연에 기뻐할 수 없었다. 세 번째 방법은 삶은 악이고 어리석은 것임을 깨닫고 나서 자신을 끝내는 것, 즉 자살하는 것이다. 나는 이를 알았지만, 웬일인지 계속 자살하지 못했다. 네 번째 방법은 삶은 어리석고 나에 대한 희롱이라는 것을 알면서도, 여전히 생활하고, 세수하고, 옷을 입고, 식사하고, 말하고, 심지어 책을 쓰면서 솔로몬이나 쇼펜하우어처럼 사는 것이다. 이런 삶은 나에게 혐오스럽고 괴로웠지만, 나는 이런 상태에 머물러 있었다.

지금 생각해 보니, 내가 자살하지 않았던 것은 내 생각이 틀렸다는 것을 어렴풋이 인식했기 때문이다. 우리들에게 삶의 무의미를 인식하게 한 현자들의 사상과 내 생각의 맥락이 확실하고 전혀 의문의 여지가 없다고 느꼈지만, 나는 내 추론의 출발점과 그것의 진정성을 어렴풋이 의심하고 있었다.

그 의심은 이렇다. '나, 즉 나의 이성은 삶이 불합리하다고 인식했다. 만약 이성보다 더 높은 것이 없다면(이성보다 더 높은 것은 없고, 아무것도 이를 입증할 수 없다), 이성은 나에게 생명의 창조자다. 이성이 없다면 나에게 생명도 없을 것이다. 그렇다면 어떻게 이성이 생명을 부정하겠는가? 이성 자체가 생명의 창조자이지 않나? 혹은 다른 측면에서 보면, 생명이 없다면 나의 이성도 없을 것이다. 따라서 이성은 생명의 아들이다. 생명은 모든 것이다. 이성은 생명의 열매인데, 이 이성이 삶 자체를 부정한다. 나는 여기에서 무언가 이상한 것을 느꼈다.'

나는 자신에게 말했다. '삶은 무의미한 악이다. 이것은 의심의 여지가 없다. 그런데도 나는 살아왔고, 여전히 살고 있다. 전 인류도 살아왔고, 여전히 살고 있다. 어떻게 이럴 수 있을까? 왜 인류는 살지 않을 수 있는데, 여전히 살고 있는가? 쇼펜하우어와 나만이 삶의 무의미와 악을 깨달을 만큼 지혜로운 것일까?'

삶의 공허에 대한 논의는 그다지 복잡하지 않다. 아주 평범한 사람들은 모두 오래전부터 삶의 공허에 대해 생각하면서 살아왔고, 지금도 살고 있다. 어떻게 그들은 살면서 삶의 합리성에 대해 전혀 의심할 생각을 하지 않는 걸까?

현자들의 지혜로 확인된 나의 지식은 세상의 모든 것, 즉 유기체와 무기체는 놀랍도록 현명하게 만들어졌는데, 나의 상태만이 어리석다는 것을 보여 주었다. 하지만 엄청나게 많은 이 평범한 사람들은 모든 유기체와 무기체가 세상에서 어떻게 만들어졌는지 아무것도 모르면서 살고 있다. 그들은 자신의 삶이 아주 이성적으로 만들어졌다고 생각하는 것 같다!

이런 생각이 내 머릿속에 떠오르곤 했다. '어떻게 나는 아직도 무언가를 모르는 걸까? 이것은 무지가 하는 짓과 정말 똑같아. 무지는 항상 이를 말하고 있잖아.' 무지가 무언가를 모를 때, 무지는 자기가 모르는 것은 어리석다고 말한다. 어쨌든 마치 삶의 의미를 알고 있다는 듯이 지금까지 살아왔고, 그렇게 전 인류가 살고 있는 것 같다. 삶의 의미를 이해하지 못하면서 인류가 살 수는 없기 때문이다. 그러나 나는, 이 모든 삶은 무의미한 것이기 때문에 살 수 없다고 말하고 있다.

아무도 나와 쇼펜하우어가 삶을 거부하는 것을 방해하지 않는다. 그렇다면 자살하라. 그러면 너는 자살에 대해 생각하지 않을 것이다. 삶이 싫으면 자살하라. 네가 살면서 삶의 의미를 이해할 수 없다면 삶을 끝장내라. 네가 삶의 의미를 이해하지 못한다고 이야기하고, 과장해 말하면서 이 세상에서 빈둥대며 시간을 보내지 마라. 네가 유쾌한 모임에 들어갔는데, 모두들 기분이 아주 좋아 보인다. 모두가 그들이 무엇을 하고 있는지 알고 있다. 그런데 너는 따분하고 역겨움을 느낀다. 그렇다면 떠나라.

실제로 자살의 필요성을 확신하면서도 자살을 결행하지 못하는 우리는 대체 무엇인가? 우리는 다름 아닌 가장 연약하고 모순적인 존재가 아닌가? 솔직히 말해, 우리는 늘 시시한 말을 하면서 살고 있는 어리석은 자들이 아닌가?

우리의 지혜가 아무리 의심할 여지없이 확실하다고 해도 우리는 삶의 의미를 이해하지 못했다. 그러나 전 인류인 수백만 명의 사람들은 삶의 의미를 의심하지 않고 살아가고 있다.

실제로 사람들은 삶이 존재하고, 내가 그 삶에 대해 아무것도 몰랐던 아주 먼 옛날부터 살아왔고, 나에게 삶의 무의미를 보여 준 삶의 공허에 대한 논의를 알면서도 삶에 어떤 의미를 부여하면서 살아왔다. 사람들의 삶이 시작되었던 때부터 그들은 이미 이 삶의 의미를 이해했고, 나한테까지 이어진 이 삶을 살아왔던 것이다.

　내 안과 나의 주변에 존재하는 모든 것은 그들의 삶에 대한 지식의 열매다. 나는 바로 이 생각의 도구로 이 삶을 판단하고 비난한다. 이 모든 생각의 도구는 내가 만든 것이 아니고 그들이 만든 것이다. 나는 그들 덕분에 태어났고, 양육되었으며, 성장했다. 그들은 쇠붙이를 캐냈고, 숲을 벌채하는 법을 가르쳤으며, 소와 말들을 길들였고, 씨 뿌리는 방법을, 더불어 사는 법을 가르쳤고, 우리의 삶을 준비했다. 즉, 그들은 내게 생각하고 말하는 법을 가르쳤다. 그들의 소산所産인 나는 그들에 의해 길러지고 양육되었으며, 그들에게 배우고, 그들의 생각과 말을 사용하여 생각할 수 있다. 그리고 나는 이 모든 것들이 무의하다는 것을 그들에게 증명했다! 나는 이렇게 자신에게 말했다. '여기엔 무언가 이상한 게 있어. 어딘가에서 나는 실수를 했어.' 하지만 나는 어디서 실수했는지 도저히 찾을 수 없었다.

8.

　지금은 이 모든 의심을 다소 논리정연하게 표현할 수 있지만, 그 당시 나는 이렇게 말할 수 없었다. 당시 위대한 사상가들에 의해 확인된, 삶의 공허에 대한 나의 결론들이 아무리 논리적으로 불가피했다 할지라도, 그 결론들에는 무언가 좀 이상한 구석이 있었다. 나는 그것이 논의 자체에 있는지, 의문의 제기 속에 있는지 몰랐다. 이성적 확신은 완전했지만, 이성적 확신만으로는 불충분하다는 것을 나는 느꼈다. 이 모든 논거는 내 추론의 결론을 내가 따르도록, 즉 자살하도록 나를 설득할 수 없었다. 만약 이성을 통해 내가 다다른 지점에 도달했는데, 자살하지 않았다고 말한다면 내가 진실을 말하지 않은 것이다. 나의 이성이 작동하고 있었지만, 삶의 의식이라고 밖에 부를 수 없는 또 다른 무언가가 작동하고 있었다. 나로 하여금 전

자가 아닌 후자에 주의를 돌리게 한 또 다른 힘이 작동했던 것이다. 이 힘은 내가 빠진 절망적인 상태에서 나를 이끌어 냈고, 이성을 전혀 다른 방향으로 돌려 버렸다. 이 힘은, 인류는 나나 나와 비슷한 수백 명의 사람들로 이루어진 것이 아니며, 아직 나는 인류의 삶이 무엇인지 모른다는 사실에 나의 관심을 기울이도록 했다.

나는 나의 동료들로 구성된 한정된 집단을 둘러보면서 삶의 의문을 이해하지 못한 사람들, 삶의 의문을 이해했지만 삶에 도취되어 의문을 덮어 버리는 사람들, 삶의 의문을 이해하고 나서 생명을 끝내는 사람들, 삶의 의문을 이해했지만 나약해서 절망적인 삶을 계속 이어가는 사람들만을 보았을 뿐 다른 사람들은 보지 못했던 것이다. 학자들, 부자들, 한가한 사람들로 구성된 한정된 집단, 즉 내가 속한 이 집단이 전 인류를 구성하고 있다고 생각했다. 그리고 예전부터 살아왔고, 지금도 살고 있는 수십억 명의 사람들은 사람이 아니라 가축들이라고 생각했던 것이다.

삶에 대해 생각하면서 사방에서 날 둘러싸고 있는 인류의 삶을 바라볼 수 있었고, 나의 삶과 솔로몬과 쇼펜하우어의 삶이 진실하고 정상적인 삶인 데 반해 수십억 명의 삶은 주목할 가치도 없다고 나는 생각했다. 어찌 그렇게 오해할 수 있었는지 지금 생각해 보면 우습고 도저히 이해할 수 없다. 지금은 그런 생각이 너무나 이상하게 보이지만, 당시엔 정말 그랬었다. 지적 오만의 미망 속에 빠져 있던 나는, 나와 솔로몬, 쇼펜하우어가 너무나 올바르고 진실하게 문제를 제기해서 다른 문제 제기는 있을 수 없다고 느꼈다. 나는 수십억 명의 사람들은 아직 삶의 의문에 대해 깊이 있게 이해하지 못했다고 확실히 느꼈다. 나는 내 삶의 의미를 찾고 있었지만 한 번도 이렇게 생각해 본 적이 없었다. '이 세상에 살았고, 현재 살고 있는 수십억 명의 사람들은 자신의 삶에 어떤 의미를 부여했고, 부여하고 있을까?'

나는 오랫동안 이런 정신착란 상태 속에서 살았다. 이 정신착란은 말이 아니라 실제로 우리처럼 가장 자유주의적이고 박식한 사람들에게서 특징적으로 나타난다. 진실한 노동자들에 대한 나의 이상하고 자연스러운 애정 덕분에(나는 노동자들을 사랑했기에 그들이 우리가 생각하는 것처럼 그렇게 어리석지 않다는 것을 이해하고 알고 있었다), 혹은 내가 할 수 있는 최선의 일은 목매달아 죽는 것이라는 나의 진실한 확신 덕분에, 내가 살고 싶고, 삶의 의미를 이해하기를 바란다면, 삶의 의미를 상실하고 자살하려는 사람들이 아니라 인생을 살면서 자신의 삶과 우리의 삶을 어깨에 짊어진 수십억 명의 죽은 사람들과 산 사람들에게서 찾아야 한다고 느꼈다. 나는 박식한 사람들이나 부자들이 아닌 사람들, 즉 이미 죽거나 현재 살고 있는 수많은 대중들을 둘러보고 나서 전혀 다른 것을 보았다. 이미 죽거나 현재 살고 있는 수십억 명의 사람들 모두가, 몇몇을 제외한 그들 모두가 나의 구분에 맞지 않고, 그들을 삶의 의문을 이해하지 못하는 사람들로 분류할 수 없다는 사실을 나는 깨달았다. 그들 자신이 삶의 의문을 제기하고 아주 명확하게 그 의문에 대답하고 있기 때문이다. 나는 그들을 쾌락주의자들로 분류할 수도 없었다. 그들의 삶은 쾌락보다는 결핍과 고통으로 이루어졌기 때문이다. 하물며 그들을 무의미한 삶을 비이성적으로 사는 사람들로 간주할 수도 없었다. 그들은 삶의 모든 행위와 죽음 자체를 설명할 수 있기 때문이다. 그들은 자살을 가장 큰 죄악이라고 생각했다. 전 인류는 내가 인정하지 않았고 경멸했던 삶의 의미에 대한 어떤 지식을 갖고 있었던 것이다. 그러므로 이성적인 지식은 삶에 의미를 부여하지 않고, 삶을 배제한다고 추론할 수 있다. 반면에 수십억 명의 사람들, 전 인류가 삶에 부여한 의미는 지금껏 경멸당하고 거짓이라고 여겼던 지식에 기초하고 있다.

학자들과 현자들로 대표되는 이성적 지식은 삶의 의미를 부정하지만, 수많은 대중과 전 인류는 삶의 의미가 비이성적 지식 속에 있다고 인정한다. 이 비이성적 지식은 내가 거부하지 않을 수 없었던 바로 그 신앙이다. 이것은 삼위일체의 신이며, 엿새 동안 창조된 피조물, 악마들, 천사들, 그리고 내가 미치지 않고서는 받아들일 수 없었던 모든 것들이다.

나의 상태는 끔찍했다. 나는 이성적 지식의 길에서는 삶의 부정 말고는 아무것도 발견할 수 없다는 것을 알았다. 그러나 신앙 속에서 나는 삶의 부정보다 더 불가능한 이성의 부정 외에 아무것도 발견할 수 없음을 알았다. 이성적 지식에 따르면 삶은 악이고, 사람들은 이를 알고 있다. 삶을 끝내는 것은 사람들에게 달려 있다. 하지만 그들은 계속 살아왔고, 지금도 살고 있다. 나 자신도 삶이 무의미하고 악이라는 사실을 이미 오래전에 알고 있었지만 살아왔고, 여전히 살고 있다. 신앙에 따르면, 삶의 의미를 이해하려면 나는 이성, 즉 의미가 필요한 이성 그 자체를 부인해야만 한다.

9.

　모순이 생겼고, 이 모순에서 벗어나는 데 단 두 가지 방법이 있었다. 즉, 내가 이성적이라고 불렀던 것이 내가 생각했던 것처럼 그렇게 이성적이지 않았거나, 비이성적이라고 여겼던 것이 내가 생각했던 것처럼 그렇게 비이성적이지 않았다는 것이다. 나는 나의 이성적 지식의 추론 과정을 검토하기 시작했다.

　나는 이성적 지식의 추론 과정을 검토하면서 그것이 완전히 옳다는 것을 발견했다. 삶이 무라는 결론은 불가피했다. 하지만 나는 실수를 발견했다. 내가 제기한 의문에 맞지 않게 생각한 것이 실수였다. 나의 의문은 이랬다. '왜 나는 살아야만 하는가? 헛되고 무상한 나의 삶에서 진실하고 소멸되지 않는 것이 있을까? 이 무한한 세계 속에서 나라는 유한한 존재는 어떤 의미를 지니고 있는가?' 나는 이 의문에 답하기 위해 삶을 연구했다.

삶의 모든 의문에 대한 해결책들에 나는 만족할 수 없었다. 처음엔 나의 의문이 아주 단순하게 보였지만, 그 의문에는 무한한 것으로 유한한 것을 설명하고, 유한한 것으로 무한한 것을 설명하라는 요구가 내포되어 있기 때문이다.

나는 이렇게 묻곤 했다. '나의 삶은 초시간적, 초인과적, 초공간적으로 어떤 의미를 지니는가?' 나는 이 의문에 이렇게 답하곤 했다. '나의 삶은 어떤 시간적, 인과적, 공간적 의미를 지니는가?' 오랫동안 사색한 후에 나는 '아무 의미도 없다'고 대답했다.

나는 이 의문에 대해 추론하면서 끊임없이 비교했다. 나는 유한한 것을 무한한 것과 비교했고, 무한한 것을 유한한 것과 비교했다. 이밖에 달리 할 수 있는 일이 없었다. 그리하여 나는 다음과 같은 결론에 도달할 수밖에 없었다. 힘은 힘이고, 물질은 물질이며, 의지는 의지이고, 무한성은 무한성이며, 무無는 무이다. 더 이상 아무것도 나올 수 없었다.

그것은 방정식을 풀려고 생각하면서 항등식을 풀 때, 수학에서 종종 일어나는 것과 비슷했다. 그 추론 과정은 올바르지만 결과적으로 이런 답이 나온다. 즉, $a = a$, 혹은 $x = x$, 혹은 $0 = 0$이다. 삶의 문제에 대한 나의 추론에서도 똑같은 일이 일어나곤 했다. 이 의문에 대해 모든 학문이 내린 답들은 동일하다.

실제로 데카르트의 철학처럼 엄격한 이성적 지식은 모든 것에 대한 완전한 의심에서 시작하고, 신앙에 입각한 모든 지식을 버리며, 이성과 경험의 법칙 위에서 모든 것을 재구성한다. 이성적 지식은 삶의 의문에 대해 내가 얻은 애매한 답 외에 다른 어떤 답도 줄 수 없다. 처음엔 지식이 "삶은 의미가 없고, 악이다."라는 쇼펜하우어의 답처럼 명확한 답을 줄 것만 같았다. 하지만 문제를 검토하고 나서, 나는 이 답이 명확하지 않고, 나의 감정이 이 답을 그렇게 표현했다는 사실을 깨달았다. 바라문교[4], 솔로몬, 쇼펜하우어에 의해 표현된 답처럼 엄밀하게 표현된 답은 모호할 뿐이고, $0=0$ 혹은 '내게 무로 보이는 삶은 무'라는 항등식 같은 것이다. 따라서 철학적 지식은 아무것도 부정하지 않고, 삶의 의문을 해결할 수 없으며, 그 해결은 모호한 채로 남게 된다고 대답할 뿐이다.

나는 이를 이해한 후, 이성적 지식에서는 나의 의문에 대한 답을 찾을 수 없다는 사실을 깨달았다. 그리고 나는 이성적 지식이 주는 답은, 삶의 의문을 다른 방식으로 제기하고, 무한한 것에 대한 유한한 것의 관계를 추론 과정에 도입할 때만 삶의 의문에 대한 답을 얻을 수 있음을 가르쳐 줄 뿐이라는 것을 깨달았다. 나는 신앙이 주는 답들이 아무리 불합리하고 이상하더라도, 그 답들은 무한한 것에 대한 유한한 것의 관계를 모든 답에 도입하는 우월성을 지니고 있다는 사실을 깨달았다. 무한한 것에 대한 유한한 것의 관계가 없이는 삶의 의문에 대한 답은 있을 수 없다. '나는 어떻게 살아야만 하는가?'라는 의문을 내

---

4 고대 인도에서 경전인 베다의 신앙을 중심으로 발달한 종교. ─옮긴이

가 아무리 제기한다고 하더라도, 항상 '신의 법칙에 따라서'라는 답을 얻게 될 것이다.

질문: "나의 삶에서 어떤 진실한 것이 나올까?"
답: "영원한 고통 혹은 영원한 행복."
질문: "죽음에 의해서도 소멸되지 않는 의미란 무엇인가?"
답: "영원한 신과의 합일."

그리하여 내가 지금까지 유일한 지식이라고 생각했던 이성적 지식 외에 살아 있는 전 인류가 가지고 있는 또 다른 비이성적 지식, 즉 삶의 가능성을 부여하는 신앙이 있다는 사실을 인정하지 않을 수 없었다. 신앙의 모든 비합리성은 예전과 마찬가지로 내게 남아 있었지만, 신앙만이 인류에게 삶의 의문에 대해 답을 줄 수 있고, 그 결과 삶의 가능성을 부여한다는 것을 인정하지 않을 수 없었던 것이다.

이성적 지식은 삶이 무의미하다는 인식으로 나를 이끌었다. 나의 삶은 정지되었고, 나는 내 삶을 끝내고 싶었다. 주변 사람들과 전 인류를 돌아보고 난 후, 나는 사람들이 여전히 살고 있고, 그들이 스스로 삶의 의미를 안다고 확신하고 있다는 사실을 알았다. 나는 자신을 돌아보았다. 나는 지금껏 삶의 의미를 알고 있다고 생각하면서 살아왔던 것이다. 신앙은 다른 사람들과 마찬가지로 내게도 삶의 의미와 삶의 가능성을 주고 있었다.

다른 나라 사람들, 나의 동시대인들, 그리고 옛날 사람들을 둘러보고 나서 나는 똑같은 것을 발견했다. 삶이 있는 곳에 신앙이 있고, 인류가 존재한 이후로 신앙은 인류에게 삶의 가능성을 주었으며, 신앙의 주요한 특징은 언제 어디서나 동일했다.

어떤 신앙이, 어떤 사람에게, 어떤 답을 주었더라도 신앙의 모든 답들은 유한한 존재인 인간에게 무한한 것의 의미, 즉 고통과 상실과 죽음에 의해 소멸되지 않는 의미를 부여한다. 즉, 신앙 속에서만 삶의 의미와 가능성을 발견할 수 있다. 본질적 의미에서 신앙은 단지 '보이지 않는 것을 드러내 보여 주는 것'이 아니며 계시(이것은 신앙의 특징들 가운데 한 특징에 대한 기술일 뿐이다)도 아니라는 사실을 나는 깨달았다. 또한 신앙은 신에 대한 인간의 관계가 아니고(신앙을 규정한 후, 신을 규정해야지 신을 통해 신앙을 규정해서는 안 된다), 우리가 들어왔던 내용(무엇보다 자주 이것이 신앙으로 이해되고 있다)과 일치하는 것도 아니다. 신앙은 삶의 의미에 대한 지식이고, 이 때문에 인간은 자살하지 않고 살아간다. 신앙은 삶의 힘이다. 만약 인간이 살아 있다면, 그는 무언가를 믿어야만 한다. 만약 인간이 무언가를 위해 살아야만 한다는 사실을 믿지 않는다면, 그는 살지 못할 것이다. 만약 인간이 유한한 것의 망상을 보지 못하고 이해하지 못한다면, 그는 유한한 것을 믿고 있는 것이다. 만약 인간이 유한한 것의 망상을 이해한다면, 그는 무한한 것을 믿어야만 한다. 신앙 없이는 살 수 없는 것이다.

나는 나 자신의 내적 사고의 모든 과정을 떠올리고 나서 무서워졌다. 사람이 살기 위해서는 무한한 것을 보지 않거나 유한한 것과 무한한 것을 동일시할 수 있는 삶의 의미에 대한 해명이 있어야 한다는 사실을 나는 분명히 알게 되었다. 나에게 그러한 해명이 있었다. 하지만 내가 유한한 것을 믿고 있는 동안 그런 해명이 나에게 불필요했다. 나는 이성으로 그 해명을 검토하기 시작했다. 이성의 빛 앞에서 예전의 모든 해명이 먼지처럼 사라져 버렸다. 그러나 내가 더 이상 유한한 것을 믿지 않게 된 시간이 찾아왔다. 당시 나는 이성적 원칙에 기초하여 내가 알고 있던 것을 가지고 삶의 의미를 부여해 줄지도 모르는 해명을 고안해 내기 시작했다. 나는 인류 최고의 지성과 함께 0＝0이라는 결론에 도달했다. 내가 이런 결론에 도달했고, 더 이상 다른 결론은 있을 수 없다는 사실에 나는 매우 놀랐다.

내가 경험적 지식에서 답을 찾고 있었을 때, 나는 무엇을 했던가? 나는 내가 왜 사는지 알고 싶었고, 이를 위해 나는 내 밖에 있는 모든 것을 연구했다. 분명히 나는 많은 것을 알아낼 수 있었지만, 나에게 필요한 것은 아무것도 알아내지 못했다.

내가 철학적 지식에서 답을 찾고 있었을 때, 나는 무엇을 했던가? 나는 나와 똑같은 상태에 있던 사람들의 생각을 연구했다. 그들은 '왜 사는가?'라는 의문에 답을 가지고 있지 않았다. 아무것도 알 수 없다는 사실을 나 자신이 알아낸 것 말고는 나는 여기에서 다른 어떤 것도 알아낼 수 없었다.

도대체 나는 무엇인가? 나는 무한한 것의 일부다. 바로 이 몇 마디 말 속에 이미 모든 과제가 들어 있다. 정말로 인류는 최근에서야 이런 질문을 자기에게 던졌단 말인가? 정말이지 영리한 아이라면 누구나 던질 수 있는 이토록 단순한 질문을 나보다 먼저 자신에게 던진 사람이 아무도 없었단 말인가?

분명히 이런 의문은 사람들이 존재한 이후로 제기되어 왔다. 사람들이 존재한 이후로 이런 의문을 해결하려고 유한한 것과 유한한 것을 동일시하고, 무한한 것을 무한한 것과 동일시했지만 마찬가지로 불충분했다. 그리고 사람들이 존재한 이후로 무한한 것과 유한한 것의 관계가 탐색되고 표현되어 왔다.

유한한 것과 무한한 것을 동일시하고, 삶의 의미, 신의 개념, 자유와 선을 이해하기 위해 사용되는 모든 개념들을 우리는 논리적으로 연구하고 있다. 하지만 이런 개념들은 이성의 비판을 견뎌 내지 못한다. 우리는 아이들처럼 어떤 긍지와 자만심을 가지고 시계를 분해하고 용수철을 꺼내 장난감을 만들고 나서 시계가 멈추면 깜짝 놀란다. 이 모습을 보고 무섭지 않았다면, 아주 우스웠을 것이다.

유한한 것과 무한한 것 사이의 모순을 해결하는 것과 삶을 가능하게 하는 인생의 의미에 대한 답은 필요하고 소중하다. 우리가 언제, 어디서나 모든 사람에게서 발견하는 이 유일한 해답은 사람들의 삶이 전혀 기록되지 않았던 시대부터 전해져 내려온 것이다. 이 해답은 우리가 이와 유사한 것을 발견할 수 없을 만큼 너무나 어렵다. 우리는 우리 모두가 직면하고 있고, 아직 답을 찾지 못한 문제를 다시 제기하면서 경박하게 이 해답을 파괴하고 있다.

무한한 신, 영혼의 신성, 인간의 일과 신과의 관계에 대한 개념, 그리고 도덕적 선과 악의 개념은 우리의 눈에 보이지 않는 아득한 인류의 삶과 역사에서 생겨난 것이다. 이 개념들이 없으면 삶도 나 자신도 존재하지 않을 수 있다. 그런데 나는 전인류의 노력의 결과를 거부하고 나 자신이 새롭게, 내 방식대로 모든 것을 만들고 싶은 것이다.

당시 나는 그렇게 생각하지는 않았지만, 내 안에서 이미 이런 생각들이 싹트고 있었다. 나는 이런 사실을 깨달았다.

첫째, 우리가 아무리 현명하다고 해도 쇼펜하우어와 솔로몬, 그리고 나의 주장은 어리석다. 우리가 깨달은 바, 삶은 악인데도 우리는 여전히 살아 있다. 이것은 분명 어리석은 일이다. 삶이 무의미하고, 내가 그토록 이성적인 모든 것을 사랑한다면, 나는 자살해야만 하기 때문이다. 그리고 아무도 자살을 거부하지 않을 것이다.

둘째, 나는 우리의 모든 추론이 마법에 걸린 원 안에서 수레에 매이지 않은 바퀴처럼 맴돌고 있음을 알았다. 우리가 아무리 추론을 많이 하고, 아무리 추론을 잘 한다고 해도 우리는 의문에 대한 답을 얻을 수 없고, 항상 $0=0$일 것이다. 그러므로 아마 우리의 방법이 틀렸을 것이다.

셋째, 나는 신앙이 준 답들 속에 인류의 가장 심오한 지혜가 보존되어 있고, 내가 이성에 근거하여 이 답들을 부정할 권리가 없다는 것을 깨닫기 시작했다. 그리고 무엇보다 이 답들만이 삶의 문제에 대답하고 있다는 사실을 깨닫기 시작했다.

10.

나는 이러한 사실을 깨달았지만, 그렇다고 내 마음이 더 가볍지는 않았다.

신앙이 이성을 직접적으로 부정하라고 나에게 요구하지 않는 한, 나는 어떤 신앙도 받아들일 준비가 되어 있었다. 그래서 나는 책으로 불교도 연구하고, 이슬람교도 연구했으며, 무엇보다 책과 내 주변 사람들을 통해 기독교를 연구했다.

자연스럽게 나는 무엇보다도 먼저 이와 같은 부류에 속한 신자들, 학자들, 정교 신학자들, 수도원의 수도자들과 장로들, 새로운 경향의 정교 신학자들, 심지어 속죄 신앙을 통한 구원을 믿는 새로운 기독교인들에게까지 관심을 돌렸다. 나는 이 신자들을 붙잡고, 그들이 어떻게 믿고 있으며 어디서 삶의 의미를 발견하고 있는지 꼬치꼬치 캐묻곤 했다.

내가 온갖 양보를 하고, 여러 논쟁을 피했음에도 불구하고, 나는 이 사람들의 신앙을 받아들일 수 없었다. 그들이 신앙이라고 여긴 것이 삶의 의미를 설명하는 게 아니라 애매모호하게 하는 것을 보았기 때문이다. 그리고 나를 신앙으로 이끌었던 삶의 의문에 답하기 위해서가 아니라 나와는 무관한 다른 어떤 목적을 위해 그들이 자신의 신앙을 주장하는 것을 보았기 때문이다.

나는 이런 사람들과 접촉하면서 여러 번 희망을 느꼈다가 다시 예전의 절망으로 돌아가야 했던 고통스러운 공포감을 기억하고 있다. 그들이 자신의 교리를 더 많이, 더 자세하게 설명하면 할수록, 나는 그들의 오류를 더 명백히 보았고, 그들의 신앙에서 삶의 의미에 대한 해명을 발견하려는 나의 기대가 점점 더 사라지는 것을 분명히 보았다.

이따금 그들은 자신의 교리를 설명하면서 예전에 항상 내게 친근했던 기독교의 진리들과 불필요하고 비합리적인 사항들을 혼동하곤 했다. 이것이 나의 반발을 일으키지는 않았다. 그들의 삶이 교리에서 설명하는 원칙과 불일치한다는 점만 다를 뿐, 나의 삶과 똑같다는 사실이 나의 반발을 일으켰다. 나는 그들이 자신을 속이고 있고, 그들도 나와 마찬가지로 별다른 삶의 의미를 가지고 있지 않으며, 살아 있는 동안 살기 위해 손으로 붙잡을 수 있는 모든 것을 붙잡는다는 사실을 분명히 느꼈다. 내가 이러한 사실을 알게 된 것은, 만약 그들이 상실, 고통, 죽음의 고통을 일소할 수 있는 삶의 의미를 갖고 있었다면, 그런 것들을 무서워하지 않았을 것이기 때문이다. 우리와 같은 부류에 속한 신자들인 그들은 나와 마찬가지로 아주 넉넉한 생활을 하고 있었고, 자기 재산을 늘리고 지키기 위해 노력했으며, 상실과 고통, 그리고 죽음을 두려워했다. 그리고 나나 모든 불신자들과 마찬가지로 욕정을 채우며 살았으며, 불신자들 못지않게 추한 짓을 하며 살고 있었다.

어떤 추론을 해 보아도 나는 그들이 가진 신앙의 진실성을 확신할 수 없었다. 그들이 내가 두려워하는 가난과 질병과 죽음을 두려워하지 않았다면, 나는 그들이 삶의 의미를 가지고 있다고 확신했을 것이다. 그런데 나는 그들에게서 그런 행동을 보지 못했다. 반면에 나는 우리 부류에 속한 불신자들에게서 그런 행동을 보았다. 하지만 소위 신자들에게서는 그런 행동을 전혀 보지 못했다.

이런 사람들의 신앙은 내가 찾고 있던 신앙이 아니고, 그들의 신앙은 진짜 신앙이 아니라 삶의 쾌락주의적 위안들 중 하나일 뿐이라는 걸 나는 깨달았다. 나는 이 신앙이 위안은 아니더라도 죽음에 이르러 회개하는 솔로몬에게 다소 기분 전환은 되리라는 걸 알았다. 하지만 다른 사람들의 노동을 이용하여 즐기려는 것이 아니라 삶을 창조해야 하는 대다수의 인류에게 이 신앙은 전혀 적합하지 않다. 전 인류가 살아가고, 삶에 의미를 부여하면서 계속 살아가려면 수십억 명의 사람들이 그들의 신앙과는 다른, 진실한 신앙의 개념을 가져야만 한다. 내가 신앙의 존재를 믿게 된 것은, 나와 솔로몬, 그리고 쇼펜하우어가 자살하지 않았기 때문이 아니라 수십억 명의 사람들이 나와 솔로몬처럼 삶의 파도에 떠밀리면서 지금까지 살아왔고, 지금도 여전히 살고 있기 때문이다.

그래서 나는 가난하고 단순하고 무식한 신자들, 순례자들, 수도자들, 분리파 교도들 그리고 농민들과 가까워지기 시작했다. 이러한 민중 출신의 사람들이 신봉한 교리는 우리 계급에 속한 거짓 신자들이 신봉한 교리처럼 기독교 교리였고, 기독교 진리와 아주 많은 미신들이 뒤섞여 있었다. 하지만 차이가 있었다. 우리 계급에 속한 신자들에게 미신은 전혀 불필요했고, 자신의 삶과 전혀 무관한 쾌락주의적 심심풀이에 지나지 않았다. 반면에 민중들의 미신은 그들의 삶과 긴밀히 연결되어 있었는데, 미신 없는 그들의 삶을 상상할 수 없을 정도였다. 미신은 그들의 삶에서 꼭 필요한 조건이었다. 우리 계층에 속한 신자들의 모든 삶은 자신의 신앙과 모순되었다. 하지만 민중 출신 신자들의 모든 삶은 신앙의 지식이 부여한 삶의 의미를 다시 확인시켜 주었다. 나는 이 사람들의 삶과 신앙을 눈여겨보기 시작했는데, 눈여겨보면 볼수록 그들이 진정한 신앙을 가지고 있고, 신앙이 그들에게 꼭 필요하며, 신앙만이 그들에게 삶의 의미와 가능성을 주고 있다는 사실을 더욱더 확신하게 되었다.

신앙 없이도 살아가고, 자신을 신자라고 인정하는 사람이 천에 하나 있을까 말까 한 우리 계층에서 내가 보았던 것과는 정반대로, 민중 계층에서는 불신자가 천에 하나 있을까 말까 했다. 평생 게으름과 오락, 그리고 삶에 대한 불만 속에서 살아가는 우리 계층에서 내가 보았던 것과는 정반대로, 민중들은 평생 고되게 일하면서도 부자들보다 삶에 덜 불만스러워 했다. 우리 계층에 속한 사람들이 상실과 고통에 대한 운명에 반항하고 불평하는 것과는 정반대로, 민중들은 어떤 의혹이나 반항도 없이 이 모든 것이 이럴 수밖에 없고, 달리 될 수 없으며, 모든 것이 선이라고 편안한 마음으로 확신하면서 질병과 슬픔을 받아들이고 있었다. 우리가 영리하면 할수록 삶의 의미를 잘 이해하지 못하고, 괴로워하며 죽어가고 있다는 사실에서 어떤 악의적 냉소를 보는 것과는 정반대로, 민중들은 삶의 고통 속에서도 평온함을, 그리고 무엇보다도 흔쾌히 기쁜 마음으로 죽음에 더 가까이 다가간다. 우리 계층에서는 평온한 죽음, 공포와 절망이 없는 죽음이 매우 예외적인 데 반해, 민중들 사이에서는 불안하고 반항적이며 기쁨이 없는 죽음이 매우 예외적이다.

나와 솔로몬에게 유일한 삶의 행복인 모든 것을 빼앗기고도 최대의 행복을 느끼는 사람들이 수없이 많다. 나는 내 주변을 더 폭넓게 돌아보았다. 그리고 과거와 현재의 수많은 사람들의 삶을 자세히 들여다보았다. 나는 삶의 의미를 깨달은 사람들, 평온하게 살다 죽을 수 있는 사람들이 두 명, 세 명, 열 명이 아니라 수백 명, 수천 명, 수백만 명이라는 사실을 알았다. 그들은 모두 자신의 성격, 지성, 교육, 지위 면에서 몹시 다양했지만, 나의 무지와는 정반대로 하나같이 삶과 죽음의 의미를 알고 있었고, 편안히 일하며 상실과 고통을 견뎌 내면서 살고 있었고, 그 속에서 공허가 아닌 신을 보면서 죽어갔다.

나는 이 사람들을 사랑하게 되었다. 내가 책에서 읽고 들었던 산 사람들과 죽은 사람들의 삶을 더 자세히 들여다보면 볼수록, 나는 더욱더 그들을 사랑하게 되었고, 나 자신의 삶도 더욱더 편안해졌다. 나는 대략 2년을 이렇게 살았다. 나에게 대전환이 일어났다. 그것은 오래전부터 내 안에서 준비되어 왔고, 그 뿌리는 항상 내 안에 있었다. 나에게 큰 변화가 일어난 후부터, 나는 나와 같은 계층의 사람들, 즉 부자와 학자들의 삶이 싫어졌고, 그들의 삶에서 아무 의미도 발견하지 못했다. 우리의 모든 행위, 추론, 학문, 예술 등 이 모든 것이 내게는 장난처럼 보였다. 삶을 창조하고 노동하는 민중들의 행위가 내게는 유일하게 진정한 일로 보였다.

나는 이런 삶이 부여한 의미가 곧 진리라는 것을 깨달았다. 그래서 나는 그 의미를 받아들였다.

11.

동일한 신앙인데도, 신앙에 거슬러 사는 사람들이 신앙을 고백하면, 나는 그 신앙에 반발했고 그 신앙이 공허하게 보였다. 하지만 신앙에 따라 사는 사람들을 보면 나는 그 신앙에 마음이 끌렸고 그 신앙이 합리적으로 보였다. 이런 사실을 떠올리고 나서야, 왜 당시 내가 신앙을 버리고 무의미하다고 생각했다가 이제 와서 신앙을 받아들이고 유의미한 것으로 보게 되었는지 비로소 깨달았다. 나는 내가 길을 잃었었다는 사실과 어떻게 길을 잃었었는지를 깨달았다. 내가 길을 잃었던 것은 잘못 생각해서가 아니라 잘못 생활했기 때문이었다. 내가 진리를 보지 못했던 것은 내 생각이 틀려서가 아니라 쾌락과 욕망을 탐닉하며 보냈던 특수한 상황 속의 생활 때문이었다. '나의 삶은 무엇인가?'라는 나의 질문과 '삶은 악이다'라는 답은 아주 정확했음을 나는 깨달았다. 하지만 나에게만 관련된 그 답을 삶 전반에 연관 시키는 것은 옳지 않았다. '도대체 나의 삶이란 무엇인가?'라고 자문했던 나는 '나의 삶은 악이자 무위미한 것이다.'라는 답을 얻었다. 답은 명확하다. 음욕에 빠진 나의 삶은 악이자 무의미한 것이었다. 그러므로 '삶은 악이자 무의미한 것이다.'라는 답은 나의 삶에만 관련이 있지, 사람들의 삶 전체에 관련된 것은 아니었다. 그 후 나는 복음서에서 발견한 다음과 같은 진리를 이해했다. "사람들이 빛보다 어둠을 더 좋아하는 것은 그들이 하는 바가 나쁜 짓이기 때문이다. 나쁜 짓을 하는 모든 사람들은 빛을 싫어하고 빛을 향해 나오지 않는다. 이는 자신이 한 일에 대해 책망을 받지 않기 위해서이다."

삶의 의미를 이해하기 위해서는 우선 삶이 무의미하거나 악하지 않도록 해야 하며, 삶을 이해하기 위해서는 이성도 필요하다는 사실을 나는 깨달았다. 나는 왜 그렇게 오랫동안 이토록 명백한 진리의 언저리에서 서성였는지 깨달았다. 그리고 삶에 대해 생각하고 말할 때는 몇몇 기생충 같은 삶에 대해서가 아니라 인류의 삶에 대해 생각하고 말해야만 한다는 사실을 깨달았다. 이 진리는 2×2=4처럼 영원한 진리였지만, 나는 이 진리를 인정하지 않고 있었다. 그것은 내가 2×2=4라는 것을 인정하면, 내가 나쁜 사람임을 인정해야만 했기 때문이었을 것이다. 내게는 자신을 좋은 사람이라고 느끼는 것이 2×2=4보다 더 중요하고 더 필요했다. 나는 좋은 사람들을 사랑하고 자신을 미워하게 되었다. 그리고 나는 진리를 인정했다. 이제 모든 것이 분명해졌다.

사람들을 고문하고 목을 베면서 인생을 보내는 망나니나 지독한 술꾼, 혹은 평생 캄캄한 방에 틀어박혀서 자신의 방을 혐오하고 이 방에서 나가면 자기가 죽을 거라고 상상하는 미치광이 같은 사람들이 '도대체 삶이란 무엇일까?'라고 자문한다면 어찌 될까? 분명히 그들은 '도대체 삶이란 무엇일까?'라는 의문에 대해 '삶은 최대의 악이다.'라는 답 말고 다른 답을 얻을 수 없을 것이다. 예컨대 미치광이의 답은 그 한사람에게만 완전히 옳을 것이다. 나도 그런 미치광이일까? 나처럼 부유하고 학식 있는 사람들은 모두 미치광이일까?

나는 우리가 정말 그런 미치광이들이라는 사실을 깨달았다. 틀림없이 나도 그런 미치광이였다. 실제로 새는 날아다니면서 먹이를 모으고 둥지를 틀기 위해 존재한다. 새가 그러는 것을 볼 때 나는 즐겁다. 염소와 토끼, 늑대는 먹고, 번식하고, 가족을 부양하기 위해 존재한다. 그들이 그렇게 할 때, 그들의 삶은 행복하고 의미가 있다고 나는 확실히 느낀다. 그러면, 사람은 무엇을 해야만 하는가? 사람은 동물과 마찬가지로 생존하기 위해 일해야만 한다. 하지만 자기 혼자 생존하기 위해 일한다면 파멸할 것이다. 그러므로 사람은 자신만을 위해서가 아니라 모든 사람들을 위해 일해야만 한다. 이것이 동물과 사람의 차이점이다. 사람이 이러할 때, 삶은 행복하고 의미가 있음을 나는 확실히 느낀다. 그렇다면 나는 30년 동안 의식적인 생활에서 무엇을 해 왔는가? 나는 모든 사람들을 위해 일하지 않았을 뿐만 아니라 자신을 위해서도 일하지 않았다. 나는 기생충처럼 살아왔다. '나는 왜 사는가?'라는 자문에 대해 나는 '아무 이유도 없다.'는 답을 얻었다. 인생의 의미가 생존하기 위해 일하는 데 있다면, 생존하기 위해 일하지 않고 자신과 다른 사람의 삶을 열심히 파괴하면서 30년 동안 살아온 내가 '나의 삶은 악이고 무의미하다.'라는 답 말고 어떤 다른 답을 얻을 수 있겠는가? 나의 삶은 악이고 무의미했다.

세계의 삶은 누군가의 의지에 따라 이루어지고 있다. 누군가가 전 세계의 삶과 우리의 삶을 통해 자신의 일을 하고 있다. 이 의지의 의미를 이해하기 위해서는, 우선 그 의지를 행해야만 하고, 우리에게 요구되는 것을 해야만 한다. 만약 내가 자신에게 요구되는 것을 하지 않으면, 자신에게 요구되는 것이 무엇인지 결코 깨닫지 못할 것이다. 또한 우리 모두와 전 세계에 요구되는 것이 무엇인지도 깨닫지 못할 것이다.

만약 헐벗고 굶주린 거지를 사거리에서 붙잡아서 멋진 건물의 밀폐된 장소로 데려가 배불리 먹이고 마시게 한 뒤 어떤 손잡이를 위아래로 움직이라고 시킨다면, 그 거지는 '내가 왜 여기에 끌려와서, 손잡이를 움직여야 하는가? 건물의 구조는 합리적인가?'를 따지기 전에 우선 손잡이를 움직여야만 한다. 만약 그가 손잡이를 움직이게 되면, 그 손잡이가 펌프를 작동시켜 물을 퍼 올리고, 물이 작은 이랑을 따라 흐르게 된다는 사실을 알게 될 것이다. 그때 그는 덮개로 덮인 우물을 떠나 다른 일을 하게 될 것이다. 그는 열매를 따서 자기 주인을 기쁘게 할 것이고, 쉬운 일부터 어려운 일을 해 나가면서 건물 전체의 구조도 점점 더 이해하게 되고, 건물 관리에 관여하게 될 것이다. 그리고 자신이 왜 여기에 와 있는지 물을 생각도 하지 않고, 주인을 결코 비난하지도 않을 것이다.

이처럼 주인의 뜻을 잘 이행하는 사람들, 즉 우리가 가축이라고 생각했던 단순하고 무식한 노동자들은 주인을 비난하지 않는다. 하지만 현명한 우리들은 주인의 음식을 먹으면서 주인이 요구하는 일을 하지 않는다. 그 대신에 빙 둘러앉아서 '왜 손잡이를 움직여야만 하지? 이건 어리석은 짓이야.'하며 생각하고 따져 댄다. 그들은 이런 생각까지 하게 된다. '주인은 어리석거나 존재하지 않아. 우리는 원래 똑똑한데, 아무 쓸모없는 사람이라고 느낄 뿐이야. 어떻게든 우리 스스로 자신의 처지에서 벗어나야만 해.'

12.

이성적 지식의 오류를 깨닫고 나서 나는 무익한 공론의 유혹에서 쉽게 벗어날 수 있었다. 진리에 대한 지식은 오직 삶 속에서만 발견할 수 있다는 확신은 내 삶의 정당성을 의심하게 만들었다. 하지만 나는 자신의 특수한 상황에서 벗어나 단순한 노동자의 진실한 생활을 볼 수 있었고, 노동자의 삶만이 진실한 삶이라는 것을 깨달을 수 있었다. 바로 이런 깨달음이 나를 구원했다. 만약 내가 삶과 삶의 의미를 깨닫고 싶다면, 나 스스로 기생충 같은 삶이 아니라 진실한 삶을 살아야만 한다는 사실을 깨달았다. 그리고 참된 인류가 삶에 부여한 의미를 수용하고, 그런 삶과 융합하고 나서 그 의미를 시험해 봐야 한다는 사실을 깨달았다.

이때 내게 다음과 같은 일이 일어났다. 일 년 내내 거의 매

순간 나는 '올가미나 권총으로 자살해야만 하지 않을까?' 하고 자문하곤 했다. 이 일 년 동안 나는 내가 지금까지 언급했던 생각과 관찰을 계속하면서 나의 마음은 고통스러운 감정으로 괴로웠다. 나는 이 감정을 신의 탐구라고 밖에 부를 수 없다.

신의 탐구는 이성적 논의가 아니라 감정의 작용이었다고 말할 수 있다. 그것은 이 탐구가 내 사고의 과정에서 생긴 것이 아니라 오히려 내 사고와는 정반대로 내 마음에서 일어났기 때문이다. 이것은 낯선 모든 것들 사이에서 느끼는 공포감, 고립감, 고독감이자 누군가의 도움에 대한 기대감이었다.

신의 존재에 대한 증명이 불가능하다는 사실을 확신했음에도 불구하고(칸트가 신의 존재를 증명할 수 없음을 내게 보여 주었고, 나는 신의 존재를 증명할 수 없다는 것을 완전히 이해했다), 나는 계속 신을 찾았고 신을 찾으리라고 기대했다. 그리고 나는 오랜 습관에 따라 내가 찾았지만 아직 발견하지 못한 그 신에게 기도하곤 했다. 나는 신의 존재를 입증할 수 없다는 칸트와 쇼펜하우어의 논증을 검토했고, 때론 논박하기도 했다. '원인은 공간과 시간처럼 동일한 사고 범주가 아니다.'라고 나는 내 자신에게 말했다. '내가 존재한다면 거기에는 원인이 있고, 원인들의 원인이 있다. 이 모든 것의 원인이 우리가 신이라고 부르는 것이다.' 나는 이런 생각에 몰두하면서 이 원인의 실재를 인식하려고 온 힘을 다해 노력했다. 나는 나를 지배하는 힘의 존재를 인식하자마자 금방 삶의 가능성을 느꼈다. 그러나 나는 이렇게 자문하곤 했다. '도대체 이 원인과 나를 지배하는 이 힘은 무엇인가? 이것을 어떻게 생각해야만 하는가? 내가 신이라고 부르는 것에 대해 어떤 태도를 취해야만 하는가?' 이런 의문에 대해 내가 아는 답들만이 머릿속에 떠올랐다. '그는 만물의 창조자이자 보호자이다.' 나는 이런 답에 만족하지 않았고, 삶을 위해 필요한 것이 내 안에서 사라지는 것을 느꼈다. 나는 공포에 휩싸여 내가 찾고 있는 그분에게 나를 도와 달라고 기도하기 시작했다. 그러나 내가 기도를 하면 할수록, 그분이 내 기도를 들어 주지 않고, 내가 기도할 수 있는 대상이 아무도 없다는 사실이 더욱더 분명해졌다. 신이 없다는 사실에 절망한 나는 마음속으로 이렇게 외쳐 대곤 했다. '주여, 저를 불쌍히 여기시어 구해 주시옵소서! 주여, 제게 가르침을 주소서, 나의 하느님이시여!' 하지만 아무도 나를 불쌍히 여기지 않았다. 나는 내 삶이 멈춰 버렸다고 느꼈다.

그러나 나는 다른 여러 측면에서 다시금 생각하여 이런 결론에 도달하곤 했다. '나는 어떤 이유나 원인 없이, 그리고 아무 의미 없이 이 세상에 나왔을 리 없고, 스스로 느끼듯이 둥지에서 떨어진 새끼 새 같은 존재일 수 없다.' 둥지에서 떨어진 새끼 새처럼 내가 무성한 풀밭에 반듯이 누워서 짹짹거리고 있다고 가정해 보자. 내가 짹짹거리는 것은 어머니가 나를 낳아 따뜻하게 품어 주고, 길러 주고, 사랑해 주었다는 것을 알고 있기 때문이다. 어머니인 그녀는 어디에 있는가? 내가 버려졌다면, 누가 날 버렸을까? 누군가 나를 사랑했고, 나를 낳았다는 사실을 나 자신에게 숨길 수 없다. 이 누군가는 대체 누구일까? 그것은 신이다.

'신은 나의 탐구와 절망과 투쟁을 알고 있고, 보고 있어. 신은 있어.' 나는 자신에게 말하곤 했다. 내가 즉시 이것을 인정하자마자, 내 안에서 곧 삶이 고양되었다. 나는 존재의 가능성과 희열을 느꼈다. 하지만 다시 나는 신의 존재에 대한 인식에서 신과 나의 관계에 대한 탐색으로 옮겨 갔다. 그러자 우리의 창조주인 삼위일체의 신, 자기 아들인 구세주를 우리에게 보낸 신이 다시 내게 나타났다. 그리고 다시 세계와 나에게서 분리된 이 신이 마치 얼음처럼 내 눈앞에서 녹아 없어졌고 아무것도 남지 않았다. 다시 생명의 샘이 말라 버렸다. 나는 절망에 빠져 자살 말고는 달리 아무것도 할 수 없다고 느꼈다. 그리고 가장 나쁜 것은 내가 자살도 할 수 없다고 느꼈다는 점이다.

나는 두세 번이 아니라 수백 번씩 이런 상태에 빠지곤 했다. 때로는 삶의 희열과 생기를 느꼈고, 때로는 절망과 삶의 불가능성을 인식하기도 했다.

기억컨대, 이른 봄날이었다. 나는 숲의 소리에 귀를 기울인 채 숲속에 혼자 있었다. 나는 귀를 기울이며 최근 3년 동안 늘 똑같은 것만을 생각해 왔던 것처럼 하나만을 계속 생각하고 있었다. 나는 다시 신을 찾고 있었다.

'그래, 어떤 신도 없어.' 나는 자신에게 말했다. '내가 상상하는 그런 신은 없어. 실재하는 건 나의 삶뿐이야. 그런 신은 없어. 그 어떤 것도, 그 어떤 기적도 신을 입증할 수는 없어. 기적은 나의 상상력의 일부이고, 게다가 비합리적이기 때문이야.'

'그러나 내가 찾고 있는 신에 대한 나의 개념은 어디서 나왔는가?' 하고 나는 자문했다. 이런 생각이 들자 내 안에서 다시 환희에 찬 삶의 물결이 일었다. 내 주변의 모든 것이 생기를 띠고 의미를 갖게 되었다. 하지만 나의 환희는 오래가지 않았다. 지식은 계속 자기 일을 했다. '신이라는 개념은 신이 아니야.' 나는 자신에게 말했다. '개념은 내 안에서 생기는 것이고, 신에 대한 개념은 내가 내 안에서 불러일으킬 수도 있고, 불러일으키지 않을 수도 있는 거야. 이것은 내가 찾고 있는 것이 아니야. 내가 찾고 있는 것은, 바로 그것이 없으면 삶이 있을 수 없는 거야.' 다시 내 주변의 모든 것이 사라지기 시작했고, 나는 다시 자살하고 싶어졌다.

그때 나는 나 자신과 내 안에서 일어나고 있는 것을 살펴보았다. 나는 수백 번이나 내 안에서 일어났던 삶의 소멸과 소생을 떠올렸다. 나는 내가 신을 믿었을 때만 진정 살아 있었다는 사실을 떠올렸다. 예나 지금이나 나는 이렇게 자신에게 말했다. '내가 신을 알자마자 나는 살게 되었지만, 신을 믿지 않자마자 나는 죽어갔다.' 대체 삶의 소생과 소멸이란 무엇인가? 내가 신의 존재에 대한 믿음을 잃어버렸을 때, 정말이지 난 산 목숨이 아니었다. 신을 발견할 수 있다는 막연한 희망이 없었다면 나는 오래전에 자살했을 것이다. 내가 신을 느끼고 찾고 있을 때만 나는 진실한 삶을 살았다. '그렇다면 내가 무엇을 더 찾고 있지?' 내 안에서 한 목소리가 소리쳤다. '바로 그분이다. 그분이 없으면 살 수 없다. 신을 아는 것과 살아간다는 것은 똑

같다. 신은 삶이다.'

  '신을 구하며 살라. 그러면 신 없는 삶은 없을 것이다.' 그러자 내 안과 내 주변의 모든 것이 그 어느 때보다 더욱더 밝아졌다. 그리고 그 빛은 나를 버리지 않았다.

  나는 자살에서 벗어났다. 언제, 어떻게 내 안에서 이런 변화가 일어났는지 나는 말할 수 없다. 내 안에서 생명의 힘이 알게 모르게 서서히 소멸되어 갔고, 나는 더 이상 살아갈 수 없는 삶의 정지 상태, 자살하고 싶은 상태에 이르렀다. 이와 마찬가지로 내 안에서 서서히 알게 모르게 이 생명의 힘이 되돌아왔다. 이상하게도 나에게 되돌아온 이 생명의 힘은 새로운 것이 아니라 아주 오래된 것, 즉 어린 시절에 나의 관심을 끌었던 바로 그 생명의 힘이었다. 나는 모든 점에서 옛 시절로, 즉 어린 시절과 청년 시절로 돌아갔다. 나는 나를 생겨나게 했고 내게서 무언가를 원했던 그 의지에 대한 믿음으로 돌아갔다. 내 삶의 유일하고 중요한 목적은 더 나은 사람이 되는 것, 즉 이런 의지에 따라 사는 것이라고 나는 예전처럼 생각하게 되었다. 나는 내가 볼 수 없는 먼 곳에서 전 인류가 자신의 지침으로 만들었던 것 속에서 이 의지의 표현을 발견할 수 있다고 다시 생각하게 되었다. 다시 말해 나는 신과 도덕적 완성에 대한 믿음, 그리고 삶에 의미를 부여하는 전통에 대한 믿음으로 다시 돌아갔다. 단지 차이가 있다면, 과거엔 이 모든 것을 무의식적으로 받아들였다면, 지금은 이것 없이는 살 수 없다는 사실을 내가 알았다는 점이다.

나에게 이런 일도 일어났던 것 같다. 언제인지는 모르지만, 나는 작은 배에 실려서 어느 낯선 강변에서 떠밀렸다. 사람들은 나에게 맞은편 기슭으로 가는 방향만 가리켜 주고 서툰 나의 손에 노를 쥐어 주더니 날 혼자 내버려 두었다. 나는 힘껏 노를 저어 나갔다. 그러나 강 한가운데로 노를 저어 가면 갈수록 물살은 더욱더 빨라져 목적지에서 나를 멀리 밀어 냈다. 나는 나처럼 물살에 떠밀려 가는 노를 젓는 사람들을 점점 더 자주 만나게 되었다. 계속해서 노를 젓는 외로운 사람들이 있는가 하면, 노를 내버린 사람들도 있었다. 커다란 보트와 사람들로 가득 찬 거대한 배들도 있었다. 어떤 배는 물살을 거슬러 올라갔고, 어떤 배는 물살에 떠밀리고 있었다. 내가 노를 저어 가면 갈수록, 물살을 따라 하류 쪽으로 떠내려가는 사람들을 바라보면서 내게 지정된 방향을 더 자주 잊어 버리곤 했다. 물살의 한가운데서, 하류로 떠내려가는 작은 배들과 큰 배들이 밀집한 곳에서 나는 완전히 방향을 잃고서 노를 내던졌다. 돛과 노에 올라탄 사람들이 내 주변에서 환호성을 지르고, 다른 방향은 있을 수 없다고 나와 서로에게 확신시키면서 물살을 따라 하류로 떠내려가고 있었다. 그래서 나는 그들을 믿었고, 그들과 함께 떠내려갔다.

나는 멀리멀리 떠밀려 갔고, 마침내 내 배가 여울목에 부딪혀 깨지는 요란한 소리를 들었다. 나는 여울목에서 산산조각이 난 배들을 보았다. 나는 문득 정신을 차렸다. 나는 오랫동안 내게 무슨 일이 일어났는지 이해할 수 없었다. 내 앞에는 파멸

만이 보였다. 나는 파멸을 두려워하면서도 파멸을 향해 돌진해 왔던 것이다. 그 어디서도 구원을 볼 수 없었고, 나는 무엇을 해야 할지 몰랐다. 그러나 뒤를 돌아보니, 수많은 작은 배들이 끊임없이 물살을 거스르며 끈질기게 올라가는 모습이 보였다. 나는 강변과 노, 그리고 강변의 방향을 떠올리고 나서, 물살을 거슬러 위쪽으로, 강변 쪽으로 노를 젓기 시작했다.

강변은 신이고, 방향은 전통이었으며, 노는 강변을 향해 저어 가며 신과 결합할 수 있도록 내게 주어진 자유였다. 이렇게 삶의 힘은 내 안에서 회복되었고, 나는 다시 삶을 살기 시작했다.

13.

나는 우리 계층의 삶을 거부했다. 그것은 진정한 삶이 아니라 단지 거짓의 삶임을 인식했기 때문이다. 우리가 처한 풍요로운 삶의 조건 때문에 삶을 이해할 수 없었다는 사실을 나는 깨달았다. 삶을 이해하기 위해서는 기생충 같이 사는 소수의 삶이 아니라 열심히 살아가는 순박한 민중의 삶과 민중이 삶에 부여한 의미를 이해해야만 한다. 내 주변에서 열심히 일하는 순박한 민중은 러시아 농민이었다. 나는 농민과 그들이 삶에 부여한 의미에 관심을 기울였다. 만약 그 의미를 표현할 수 있다면 다음과 같다. 모든 인간은 신의 뜻에 따라 이 세상에 태어났다. 신은 모든 인간이 자신의 영혼을 파괴할 수도 있고 구원할 수도 있게 인간을 창조했다. 인간의 삶의 목적은 자신의 영혼을 구원하는 것이다. 자신의 영혼을 구원하려면 신의 뜻에 따라 살아야만 한다. 신의 뜻에 따라 살려면 삶의 모든 향락을 거부하고, 겸손한 자세로 일하면서 인내하고 자비로워야 한다. 민중은 자신의 삶 속에 살아 있고, 신화와 속담, 이야기 속에 나타나는 전통과 목자들을 통해 전해졌고, 지금도 전해지고 있는 모든 교리에서 삶의 의미를 얻고 있다. 그 의미는 내게 확실했고, 내 마음에 친숙한 것이었다.

그러나 무종파無宗派 민중의 신앙은 이 민중 신앙의 의미와 긴밀히 연결되어 있었다. 나는 무종파 민중들 속에서 더불어 살았는데, 그들의 삶에는 나의 반감을 일으키는 것도 많았고, 설명할 수 없는 것도 많았다. 예컨대 성찬식聖餐式, 교회 예배, 재계齋戒, 성해성상聖骸聖像에게 절하기 등이 그랬다. 민중은 어떠한 것도 다른 것으로 분리할 수 없는데, 나 또한 그 어떠한 것도 다른 것과 분리할 수 없었다. 민중의 신앙 속에 포함된 것들 중 많은 것이 내게는 너무나 이상하게 보였지만, 나는 모든 것을 받아들였고, 예배에 참석했으며, 조석으로 기도하고 정진과 금식을 했다. 처음에는 나의 이성이 아무것도 반대하지 않았다. 예전에 불가능하게 보였던 것이 이제는 내 안에서 어떠한 반감도 일으키지 않았다.

지금 신앙에 대한 나의 태도는 과거와는 전혀 다르다. 예전에는 삶 자체가 의미로 가득 찬 것처럼 보였고, 신앙은 나에게 전혀 불필요하고 삶과 무관한 비이성적 명제들에 대한 자의적 확신처럼 보였었다. 당시 나는 이 명제들이 어떤 의미를 지니고 있는지 자문했다. 그리고 그 명제들이 아무런 의미가 없다고 확신하고는, 그 명제들을 내던져 버렸다. 지금은 정반대로 나의 삶이 의미가 없고, 어떤 의미도 지닐 수 없다는 사실을 확실히 알았다. 그리고 신앙의 명제들은 나에게 불필요한 것으로 보이지 않을 뿐만 아니라, 이 신앙의 명제들만이 삶에 의미를 부여한다는 사실을 명백한 경험을 통해 확신하게 되었다. 예전에 나는 이 명제들을 불필요하고 뜻을 알 수 없는 말들로 간주했었다. 그러나 지금은 비록 내가 그 명제들을 이해하지 못한다 해도, 그 속에 의미가 있음을 알고 있다. 나는 그 명제들을 이해하는 법을 배워야 한다고 자신에게 말했다.

나는 다음과 같이 추론했고, 자신에게 이렇게 말했다. '전 인류와 이성처럼 신앙의 지식은 신비로운 근원에서 나온다. 이 근원은 신이고, 인간의 육체와 이성의 근원이다. 나의 육체가 신으로부터 나에게 계승된 것처럼, 나의 이성과 삶에 대한 이해도 신으로부터 나에게 계승되었다. 그러므로 삶에 대한 이해의 모든 발전 단계는 거짓일 수 없다. 사람들이 진실하게 믿는 모든 것은 진리임에 틀림없다. 진리는 다양하게 표현될 수 있지만, 거짓일 수는 없다. 그러므로 진리가 내게 거짓으로 보인다면, 내가 진리를 이해하지 못하고 있다는 것을 의미한다.' 그리고 나는 자신에게 이렇게 말하곤 했다. '모든 신앙의 본질은 신앙이 죽음에 의해 소멸되지 않는 의미를 삶에 부여하는 데 있다. 신앙은 호사스럽게 살다 죽어가는 왕의 질문에도 답할 수 있고, 노동으로 고통당한 늙은 노예의 질문에도, 철없는 아이의 질문에도, 현명한 노인이나 정신 나간 노파의 질문에도,

행복한 젊은 여자의 질문에도, 열정으로 괴로워하는 젊은이의 질문에도, 다양한 생활 환경과 교육 환경 속에서 살아가는 모든 사람들의 질문에도 답해야만 한다. 만약 삶의 영원하고도 유일한 질문인 '나는 왜 사는가? 나의 삶에서 무슨 일이 생길까?'라는 의문에 대한 답이 하나 있다면, 그 답은 본질적으로는 언제나 똑같지만 그 표현은 무한히 다양할 수밖에 없다. 그 답이 유일하고 진실하고 심오하면 할수록, 그 답을 표현하고자 하는 시도는 각자의 교육과 지위에 따라 더 이상하고 더 기묘하게 나타날 것이다. 그러나 내가 볼 때, 신앙의 의식적儀式的 측면의 이상함을 합리화하는 이런 추론은 내 삶의 유일한 관심사인 신앙에서 내가 의심스럽다고 느꼈던 행동을 하도록 하기에는 불충분했다. 나는 민중 신앙의 의식을 수행하면서 민중과 하나가 될 수 있기를 진심으로 바랐다. 하지만 나는 그렇게 될 수 없었다. 만약 내가 그렇게 한다면, 내가 자신을 기만하고 신성한 것으로 여겼던 것을 조롱하는 것이라는 느낌이 들었다. 이 지점에서 나는 우리 러시아의 새로운 신학 저술의 도움을 받았다.

이 신학자들의 설명에 따르면, 신앙의 기본적 교의教義는 교회의 무오류성이다. '교회가 신앙하는 모든 것은 진리'라는 필연적 결론은 이 교의의 인정에서 나온다. 사랑으로 결속되어 진리를 소유한 신자들의 집합체인 교회는 나의 신앙의 기반이 되었다. 나는 자신에게 이렇게 말하곤 했다. '신의 진리는 어떤 한 사람에 의해 획득될 수 있는 것이 아니라 사랑으로 결속된 사람들의 집합체에게만 계시된다. 진리를 이해하기 위해서는 분열되어서는 안 된다. 분열되지 않으려면 서로 사랑하고 의견이 다른 사람과 화해해야만 한다. 진리는 사랑 앞에 나타난다. 따라서 네가 교회의 의식을 따르지 않으면, 너는 사랑을 파괴하는 것이다. 사랑을 파괴하면 너는 진리를 알 수 있는 가능성을 잃게 된다.' 당시 나는 이 추론 속에 내포된 궤변을 보지 못했다. 당시 나는 사랑 속에서의 결합이 가장 큰 사랑을 보여 줄 수는 있지만, 니케아 신조[5]에서 명확한 말로 표현된 신의 진리를 절대 보여 줄 수 없다는 사실을 몰랐다. 그리고 사랑이 진리의 일정한 표현을 결합의 필수 조건으로 만들 수 없다는 사실도 알지 못했다. 당시 나는 이 추론의 오류를 보지 못했다. 이 때문에 나는 정교의 모든 의식을 수용하고 실행할 수 있었다. 당시 나는 진심으로 온갖 판단과 모순을 피하려고 노력했고, 내가 부딪힌 교회의 교의를 가능하면 합리적으로 설명하려고 노력했다.

나는 교회의 의식을 이행하면서 자신의 이성을 억제했고, 전 인류가 공유한 그 전통에 자신을 복종시키곤 했다. 나는 나의 조상들, 내가 사랑하는 아버지, 어머니, 할아버지들, 할머니들과 연결되었다. 그들과 그들 이전에 살았던 모든 사람들은 오래전부터 믿어 왔고, 살아왔으며, 나를 낳았다. 나는 내가 존경

---

[5] 서기 325년에 로마의 콘스탄티누스 대제가 니케아에서 연 제1회 니케아 종교회의에서 결의한 신조로, 아리우스파를 이단으로 규정하고 아타나시우스파의 삼위일체설을 정통으로 인정했다. ─옮긴이

하는 수백만의 민중들과 연결되었다. 이러한 행위에는 악한 것이 전혀 없었다. (나는 음욕을 묵인하는 것을 악한 것으로 간주했다.) 나는 교회 예배에 가려고 아침 일찍 일어나면서, 내가 이미 좋은 일을 하고 있음을 알았다. 자신의 지적 교만을 억누르기 위해, 나의 조상들과 동시대인들과 가까워지기 위해, 그리고 삶의 의미를 탐구하기 위해 나는 자신의 육체적 안락을 희생하고 있었기 때문이다. 정진할 때도 그랬고, 매일 절하며 기도할 때와 모든 금식을 지킬 때도 그랬다. 비록 이런 희생이 하찮은 것이었지만, 그것은 선을 위한 희생이었다. 나는 정진과 금식을 했고, 집과 교회에서 기도 시간을 지켰다. 나는 교회 예배를 경청하면서 설교 한마디 한마디에 집중했고, 가능한 한 그 말들에 의미를 부여했다. 오전 예배에서 '한마음으로 서로 사랑하라…'는 말이 나에게 가장 중요했다. 계속 이어지는 '우리는 성부와 성자와 성신을 믿습니다.'라는 말을 나는 흘려버렸다. 내가 이 말을 이해할 수 없었기 때문이다.

14.

당시 나는 살기 위해 반드시 믿어야만 했고, 그래서 교리의 모순과 모호성을 자신에게 무의식적으로 숨기고 있었다. 하지만 의식儀式을 이해하는 데는 한계가 있었다. 기도문의 주요 문구들이 나에게 점점 더 분명해졌다. 나는 다음과 같은 기도문을 자신에게 겨우 설명했다. '지극히 거룩하신 우리의 성모와 모든 성자들을 기억하면서 우리 자신과 서로를, 즉 우리의 전 생애를 우리의 주 그리스도에게 바칩시다.' 나는 자주 반복되는 황제와 황족들에 대한 기도도 그들이 다른 사람들보다 더욱 유혹에 빠지기 쉽기 때문에 더 많은 기도가 필요한 것이며, 적과 악당들이 무릎을 꿇게 해 달라는 기도도 적이 악하기 때문이라고 자신에게 간신히 설명했다. 그럼에도 불구하고 이런 기도와 지품천사智品天使[6]의 찬미가, 봉헌기도[7]나 탁월한 군사령

관을 위한 성례聖禮 같은 의식 등 모든 예배의 약 3분의 2는 전혀 설명할 수 없었다. 나는 이러한 의식들을 설명하려고 하면서 내가 거짓말을 하고 있다는 것을 느꼈고, 그로 인해 신앙의 모든 가능성을 완전히 잃어버리면서 신에 대한 나의 관계를 완전히 파괴하고 있음을 느꼈다.

나는 주요 축일들의 의식에 대해서도 똑같은 기분을 느꼈다. 안식일을 기억하는 것, 즉 하느님에게 하루를 바친다는 것은 이해할 수 있었다. 하지만 대축일은 부활을 기억하는 것이었는데, 나는 부활의 실재성을 상상하거나 이해할 수 없었다. 그리고 매주의 축일이 이 '부활'이라는 이름으로 불렸다. 이날에 성찬식이 행해졌는데, 나는 그것을 전혀 이해할 수 없었다. 성탄절을 제외한 나머지 열두 번의 축일은 모두 기적을 기억하는 날이었다. 나는 기적을 부정하지 않기 위해 그 기적에 대해 생각하지 않으려고 노력했다. 예수 승천일, 오순절, 주현절, 성모제 등이 그런 축일이었다.

이런 축일을 기념하면서 나는 내가 전혀 중요하게 여기지 않는 것에 중요한 의미가 부여되고 있음을 느꼈다. 그래서 나는 내게 평안을 줄 수 있는 설명을 생각해 내거나 날 유혹하는 것을 보지 않기 위해 눈을 감아 버리곤 했다.

나는 교회에서 가장 일상적이지만 가장 중시되는 성례, 즉

---

6 구품천사 가운데 제2의 천사.—옮긴이
7 정교회 예배의 첫 의식.—옮긴이

세례식과 성찬식에 참석할 때 어느 때보다 강하게 이런 일이 나에게 일어나곤 했다. 그때 나는 이해할 수 없는 행위가 아니라 아주 잘 이해할 수 있는 행위와 충돌하고는 했다. 이런 행위가 나에게 유혹적으로 보였기 때문에, 나는 이 행위에 대해 거짓말을 할 것인지, 이 행위들을 버릴 것인지를 놓고 딜레마에 빠지곤 했다.

몇 년이 지나서 처음으로 성찬을 받던 날에 내가 경험했던 그 고통스러운 감정을 결코 잊지 못할 것이다. 예배, 참회, 계율 등 나는 이 모든 것을 이해할 수 있었고, 삶의 의미가 내게 계시되고 있음을 마음속으로 즐겁게 인식했다. 나는 성찬식을 그리스도를 기억하며 행해지는 행위로, 그리고 죄의 정화와 그리스도의 가르침에 대한 완전한 수용을 의미하는 행위로 자신에게 설명했다. 만약 이 설명이 부자연스러웠다면, 내가 이 설명의 허위성을 깨닫지 못했던 것이다.

나는 나의 고백을 들어 주는 단순하고 소심한 사제 앞에서 자신을 낮추고 순종하는 마음으로 죄를 회개하면서 영혼의 모든 더러움을 열심히 토로하는 것이 너무나 기뻤고, 규례적 기도문을 쓴 사제들의 열망과 사상적으로 일치하는 것이 너무나 기뻤으며, 과거와 현재의 신자들과 연결되는 것도 너무나 기뻤다. 그래서 나는 내 설명의 허위성을 느끼지 못했던 것이다. 그러나 내가 교회의 중앙 제단으로 나아가서 갓 먹으려고 하는 것이 진짜 살과 피임을 믿는다는 말을 되뇌라고 사제가 나에게 요구했을 때, 내 심장은 칼로 베이는 듯이 아팠다. 그것은 단순히 위선적인 어조가 아니라, 분명 신앙이 무엇인지 전혀 모르는 사람의 잔인한 요구였다.

지금의 나는 그것이 잔인한 요구였다고 말할 수 있지만, 당시로서는 그렇게 생각하지 못했다. 그저 마음이 형용할 수 없을 만큼 괴로웠을 뿐이었다. 나는 이미 삶의 모든 것이 명확하다고 생각했던 젊은 시절의 내가 아니었다. 내가 신앙에 다다른 것은 신앙을 제외하면 파멸 말고는 아무것도 발견할 수 없었기 때문이다. 그래서 나는 신앙을 버릴 수 없었고, 신앙에 순종했던 것이다. 나는 내 영혼 속에서 그것을 견디도록 도와준 감정을 발견했다. 이것은 자기 비하와 겸허라는 감정이었다. 나는 겸손해졌고, 성물 모독의 감정 없이 믿고자 하는 마음으로 이 피와 살을 삼켰다. 하지만 나는 이미 일격을 당했다. 나를 기다리는 것을 미리 알았기 때문에 다음번에는 교회를 갈 수가 없었다.

나는 교회의 의식을 계속 정확하게 수행했으며, 내가 따르는 교리 속에 진리가 있음을 여전히 믿고 있었다. 지금에 와서 보면 분명한 일인데, 당시엔 이상하게 보였던 일이 나에게 일어났다.

나는 무식한 순례자가 신, 신앙, 삶, 구원에 대해 이야기하는 것을 듣고 있었다. 그러자 신앙에 대한 지식이 나에게 나타났다. 나는 삶과 신앙에 대한 민중의 의견을 들으면서 그들과 가까워졌고, 그들을 더욱더 잘 이해하게 되었다. 〈순교전〉과 〈프롤로그〉[8]를 읽을 때도 내게 똑같은 일이 일어났다. 이것은 내가 좋아하는 독본이 되었다. 기적들을 제외하고, 내가 이런 독본의 내용을 사상을 표현하고 있는 술거리로 바라보자 이 독서가 나에게 삶의 의미를 드러내 보여 주었다. 그 속에는 대大마카리우스 성인과 이오사프 왕자(붓다의 이야기)의 삶이 있었고, 요하네스 크리소스토무스 성인의 가르침이 있었으며, 우물 속의 나그네 이야기, 황금을 발견한 수도승 이야기, 세리 표트르에 관한 이야기가 들어 있었다. 그리고 죽음이 생명을 말살하지 못한다고 주장하는 순교자들의 이야기도 있었고, 교회의 가르침에 대해서는 아무것도 모르지만, 구원을 받은 어리석고 무식한 사람들의 이야기도 있었다.

그러나 박식한 신자들과 어울리거나 그들이 쓴 책을 읽자마자, 내 안에 어떤 의심이나 불만, 그들의 논의에 대한 분노가 일어났다. 내가 그들의 말을 깊게 파고들면 들수록 점점 더 진리에서 멀어지고, 심연에 빠져드는 느낌이 들었다.

---

8 교회력에 맞춰 편찬된 고대 러시아의 설교집이나 교훈집을 말한다. —옮긴이

15.

나는 자주 농부들의 무학과 무식을 부러워했다. 나에겐 분명히 무의미한 것들로 보였던 신앙의 원리들이 그들에겐 전혀 거짓이 아니었다. 그들은 신앙의 원리들을 수용할 수 있었고, 진리를 믿을 수 있었으며, 나도 믿었던 그 진리를 믿을 수 있었다. 불행한 나에게만 그 진리가 아주 가는 실로 허위와 뒤섞여 있었고, 나는 그런 모습의 진리를 수용할 수 없었다.

이렇게 나는 약 3년을 살았다. 내가 반미치광이처럼 점점 진리를 받아들이고, 오직 감각에 이끌려 더 밝게 보이는 방향으로 나아가고 있던 처음 시기에는 이러한 모순에 별로 놀라지 않았다. 내가 무언가를 이해하지 못했을 때, 나는 자신에게 '내 잘못이야, 내가 어리석어.'라고 말하곤 했다. 하지만 내가 배운 진리가 점점 더 나에게 스며들고, 그 진리가 점점 더 삶의 기초가 되면 될수록, 이 모순은 점점 더 고통스럽고 뚜렷해졌다. 그리고 내가 이해하지 못하는 것과 나 자신을 속이지 않고는 결코 이해할 수 없는 것 사이의 경계가 점점 더 분명해졌다.

이 의심과 고통에도 불구하고 나는 여전히 정교正教를 고수하고 있었다. 하지만 해결해야만 했던 삶의 의문들이 나타났다. 그런데 이 의문들에 대한 교회의 답은 내가 지금까지 살아오면서 의존했던 신앙의 기초에 상반되는 것이었다. 결국 나는 정교와의 소통의 가능성을 단념해야만 했다. 이 의문들은 다음과 같았다.

첫째, 정교회와 다른 교회들과의 관계, 즉 가톨릭과 소위 분리파 교도들[9]과의 관계였다. 이 시기에 나는 신앙에 대한 관심 때문에 다양한 종파의 신자들과 가깝게 지냈다. 그들은 가톨릭 교도, 신교도, 구교도, 몰로칸 교도[10] 등이었다. 나는 그들 가운데 도덕적으로 고결하고 참된 신앙을 가진 사람들을 많이 만났다. 나는 이 사람들의 형제가 되고 싶었다. 그런데 무슨 일이 일어났던가? 하나의 신앙과 사랑으로 모든 사람들을 결합한다고 나에게 약속했던 그 가르침, 즉 각 종파의 가장 훌륭한 대표라는 사람들의 가르침은 이 모든 사람들이 거짓 속에서 살

---

9 17세기 중엽에 니콘 총주교가 그리스 정교회와 불일치한 점들을 바로잡으려는 개혁에 반발한 반대파를 '분리파 교도' 혹은 '구교도'라고 한다. 이들은 니콘의 개혁을 거부하고 벽지나 숲속으로 피신한 후, 공동체를 결성하여 러시아 정교회의 전통 의식을 고수했다. 분리파 교도들의 수장은 사제장 아바꿈이었다.—옮긴이
10 몰로칸 교도들은 금식 기간에 러시아 정교회에서 금지한 우유와 계란을 먹는다.—옮긴이

고 있고, 그들에게 삶의 힘을 주는 것은 악마의 유혹이며, 자신들만이 단 하나의 가능한 진리를 소유하고 있다고 나에게 말했다. 나는 정교신자들이 자기와 같은 신앙을 믿지 않는 모든 사람들을 이단자로 간주하고 있고, 이와 마찬가지로 가톨릭교도와 다른 종파의 신자들도 정교를 이단으로 간주하는 것을 보았다. 그리고 나는 정교가 이 사실을 숨기고는 있지만, 자기와 같은 외적 상징과 말을 사용하여 자기 신앙을 믿지 않는 모든 사람들을 적대적으로 대하는 것을 보았다. 이것은 당연한 일이다.

첫째, 너는 거짓 속에서 살고 있고, 나는 진리 속에서 살고 있다는 단언은 한 사람이 다른 사람에게 할 수 있는 가장 잔인한 말이기 때문이다. 둘째, 자기 자식들과 형제들을 사랑하는 사람은 그들을 거짓 신앙으로 개종 시키려는 사람들을 적대적으로 대할 수밖에 없기 때문이다. 이 적의는 교리에 대한 지식에 따라 더 커진다. 진리가 사랑에 의한 결합 속에 있다고 생각했던 나는 교리가 만들어 내야만 하는 것을 오히려 교리 자체가 파괴하고 있다는 사실을 우연히 보게 되었다.

다양한 신앙이 신봉되는 나라들에서 살면서, 가톨릭교도가 정교도와 신교도에게, 정교도가 가톨릭교도와 신교도에게, 신교도가 가톨릭교도와 정교도에게 보여 주는 경멸적이고 독선적이며 단호한 배척을 보았던 우리 교육받은 사람들에게 이러한 유혹은 매우 뚜렷하게 나타난다. 구교도들, 파시코프교도들[11], 셰이커교도들[12], 그리고 다른 모든 종파에서도 똑같은 태

111

도를 볼 수 있었다. 그래서 처음에는 이토록 뚜렷한 유혹이 날 당혹스럽게 만들었다. 나는 자신에게 이렇게 말했다. '아니아, 이게 그렇게 간단할 리가 없어. 그러나 만약 두 개의 신념이 서로를 부정한다면 그 어느 쪽에도 신앙이 될 수 있는 유일한 진리가 없다는 사실을 사람들은 못 볼 수 있어. 여기엔 무언가가 있어. 어떤 설명이 있어야 해.'

나도 무언가가 있다고 생각하고 그 설명을 찾기 시작했다. 나는 이 문제에 대해 가능한 한 모든 것을 읽었고, 가능한 한 많은 사람들과 논의했다. 숨스키 연대의 경기병들은 자기 연대가 세계에서 최고라고 생각하고, 황색 창기병들은 자기 연대가 세계 최고라고 믿는다는 사실 외에 나는 다른 어떤 설명도 얻지 못했다. 다양한 종교의 성직자들, 다양한 종교의 최고대표자들도 자기들은 진리 속에 있지만 다른 사람들은 미몽 속에 있으며, 그들을 위해 기도하는 것이 자기들이 할 수 있는 전부라는 말 외에 나에게 아무 말도 하지 못했다. 나는 수도원장들, 주교들, 장로들, 가장 엄격한 수도사의 계를 받은 사람들을 찾아가서 묻곤 했다. 하지만 아무도 이 유혹에 대해 설명하려고 하지 않았다. 그들 중 단 한 사람이 모든 것을 내게 설명해 주었지만, 그 설명이 너무 조잡해서 나는 더 이상 아무에게도 묻지 않았다.

---

11 19세기 사사분기에 퇴역 대령 V. A. 파시코프가 러시아에서 주도한 복음주의적 기독교 분파. ―옮긴이

12 공동생활, 공산제共産制, 독신주의를 지향했던 미국 기독교의 일파. ―옮긴이

나는 신앙에 귀의하고자 하는 모든 불신자들(우리의 모든 젊은 세대가 여기에 속한다)의 첫 번째 의문은 다음과 같은 것이라고 말했다. '왜 진리가 루터교나 가톨릭교에는 없는데, 정교에는 있는가?' 신교도나 가톨릭교도가 똑같이 자기 신앙만이 유일한 진리라고 확신한다는 것을 농부는 모르지만, 김나지움[13]에서 교육을 받은 사람은 누구나 이에 대해 모를 리가 없다. 각각의 종교가 자기 목적에 맞게 왜곡한 역사적 증거는 불충분하다. 나는 이렇게 말했다. '진실로 믿는 사람에겐 종교 간의 차이가 없는 것처럼, 교리의 정점에서 볼 때 종교 간 차이가 없어질 정도로 보다 높은 차원에서 교리를 이해할 수는 없을까? 우리가 구교도들과 함께 그 길을 따라 더 멀리 걸어갈 수는 없을까?' 구교도들은 우리가 성호를 긋고, 할렐루야를 외치며 제단 주위를 도는 방법이 자신들과 다르다고 단언했다. 우리는 이렇게 말했다. '당신들은 니케아 신조와 일곱 가지 신비를 믿고 있는데, 우리도 그것을 믿고 있소. 이것은 계속 지킵시다. 그리고 나머지는 당신들이 원하는 대로 하시오.' 우리는 신앙에서 본질적인 것을 비본질적인 것 위에 놓음으로써 그들과 결합했다. 이제 가톨릭교도들에게 이렇게 말할 수 없을까? '당신들은 이런저런 중요한 것을 믿고 있으니, 성자와 교황에 대해서는 당신들이 원하는 대로 하시오.' 중요한 점에서 가톨릭교도들과

13　유럽의 전통적 교육 기관. 16세기 초에는 고전적 교양을 목적으로 한 학교였으나, 19세기 초에 대학 준비 교육 기관이 되었다. —옮긴이

일치하는 신교도들에게 똑같이 말할 수는 없을까? 나의 대화 상대자가 내 생각에 동의했지만 나에게 이렇게 말했다. '그러한 양보는 교권敎權이 조상들의 신앙을 포기한다는 점에서 교권에 대한 비난을 야기하고, 분열을 초래할 겁니다. 교권의 사명은 조상들로부터 전해 오는 러시아 그리스정교 신앙의 순수성을 온전히 지키는 것입니다.'

나는 모든 것을 이해했다. 나는 신앙과 삶의 힘을 찾고 있는데, 그들은 사람들 앞에서 어떤 인간의 의무를 수행하기 위한 최상의 방법을 찾고 있다. 그들은 이 인간의 일을 인간적으로 수행한다. 그들이 아무리 길 잃은 형제들에 대한 연민을 말하고, 신의 옥좌 앞에 선 그 형제들을 위해 기도를 한다고 해도, 이 인간의 일을 수행하기 위해서는 폭력이 필요하다. 폭력은 항상 사용되었고, 지금도 사용되고 있으며, 앞으로도 사용될 것이다. 만약 두 종교가 각각 자신이 진리고 상대방을 거짓이라고 생각한다면, 그들은 형제들을 진리로 인도하기 위해 자신의 교리를 설교할 것이다. 만약 진리 속에 있는 교회의 미숙한 아들들에게 거짓 교리가 설교된다면, 교회는 책들을 불사르고 교회의 아들들을 유혹하는 사람을 추방하지 않을 수 없다. 정교의 입장에서 볼 때, 거짓 신앙의 불꽃에 휩싸인 분파 교도, 즉 삶의 가장 중요한 문제인 신앙에서 교회의 아들들을 유혹하는 분파 교도를 어떻게 해야만 하는가? 그의 목을 베거나 감금하는 것 말고 그를 어떻게 할 수 있겠는가? 알렉세이 미하일로비치 황제 시대에 분파 교도는 화형, 즉 그 시대의 극형에 처해졌다. 우리 시대에도 분파 교도는 극형에 처해진다. 다시 말해, 분파 교도는 독방에 감금된다. 나는 종교의 이름으로 자행되고 있는 일에 주의를 돌렸다. 나는 공포를 느꼈고, 이미 정교를 거의 완전하게 거부하게 되었다. 삶의 문제들에 대한 교회의 두 번째 태도는 전쟁과 처형에 관한 것이었다.

이때 러시아에 전쟁이 일어났다. 러시아인들은 기독교적 사랑의 이름으로 자기 형제들을 살해하기 시작했다. 이것에 대해 생각하지 않을 수 없었다. 살인은 모든 신앙의 가장 기본적인 원리에 반하는 악이라는 사실을 외면할 수 없었다. 그와 동시에 교회에서 사람들은 우리 군대의 승리를 위해 기도했고, 종교 지도자들은 이 살인을 신앙에서 비롯된 행위로 인정했다. 이 살인 행위는 전시뿐만 아니라 전쟁이 끝난 후 지속된 혼란기에도 있었다. 나는 길을 잃은 무력한 젊은이들의 살인 행위를 찬양하는 교인들과 교회의 지도자들, 수도사들, 고행자들을 보았다. 그리고 나는 기독교를 믿는 사람들이 자행하는 모든 일들에 주의를 돌렸고, 공포를 느꼈다.

16.

나는 더 이상 의심하지 않았고, 내가 동조한 신앙의 가르침은 전혀 진실이 아니라고 확신했다. 예전 같으면, 모든 교리는 거짓이라고 나는 말했을 것이다. 하지만 지금은 그렇게 말할 수 없다. 민중은 모두 진리에 대한 지식을 갖고 있었다. 이것은 의심의 여지가 없다. 그들은 진리에 대한 지식 없이는 달리 살아갈 수가 없기 때문이다. 게다가 나도 이미 이 지식을 접할 수 있었다. 나는 이미 이 지식에 따라 살았고, 이 지식의 모든 정당성을 느꼈다. 하지만 이 지식 속에는 거짓도 있었다. 나는 이를 의심할 수 없었다. 지금까지 나의 반감을 일으켰던 모든 것이 이제 내 앞에 분명하게 나타났다. 비록 교회의 대표자들보다는 민중이 나의 반감을 일으켰던 거짓의 불순물을 덜 갖고 있었지만, 민중의 신앙 속에도 거짓이 진리와 뒤섞여 있는 것을 나는 보았다.

그런데 거짓이 어디서 왔으며, 진리는 어디서 왔을까? 거짓과 진리는 교회라고 불리는 것에 의해 전해져 왔다. 거짓도 진리도 전통, 소위 성스러운 전통과 성서 속에 들어 있다.

나는 우연히 성서와 전통을 연구하게 되었는데, 지금껏 내가 두려워했던 연구다. 나는 신학 연구에 주의를 돌렸다. 한때 신학 연구를 불필요한 것으로 생각해서 경멸하며 내던져 버렸었다. 당시 신학은 내게 불필요하고 무의미한 것들의 총체로 보였다. 당시 나는 명확하고 의미로 가득 차 보였던 삶의 현상들로 온통 둘러싸여 있었다. 지금도 정신 건강에 도움이 되지 않는 것을 내던져 버리면 더 좋을 것이다. 하지만 나는 어찌해야할지 몰랐다. 내게 나타났던 삶의 의미에 대한 유일한 지식은 종교적 가르침에 근거했고, 적어도 종교적 가르침과 긴밀히 연결되어 있었다. 나의 늙고 굳은 머리에 종교적 가르침이 아무리 이상하게 보일지라도 그것은 구원의 유일한 희망이다. 내가 과학의 원리를 이해하듯이 교의를 이해할 수 없더라도, 이 교의를 이해하려면 신중하고 주의 깊게 검토해야 한다. 나는 종교적 지식의 특성을 알고 있기 때문에 그것을 찾지 않고 있으며, 또 찾을 수도 없다. 나는 모든 것에 대한 설명을 구하지 않을 것이다. 모든 것에 대한 설명은 모든 것의 기원처럼 무한 속에 숨어 있어야만 한다는 것을 알고 있다. 하지만 나는 더 이상 설명할 수 없는 것에 도달할 정도로 이해하고 싶다. 설명할 수 없는 모든 것은 내 지성의 요구가 옳지 않기 때문이 아니라

117

(지성의 요구는 옳고, 지성의 요구 없이 우리는 아무것도 이해할 수 없다), 내가 내 지성의 한계를 알고 있기 때문이라는 사실을 깨닫고 싶다. 또 설명할 수 없는 모든 명제는 신앙의 의무가 아닌 이성의 필요로서 나에게 나타났다는 것을 이해하고 싶다.

종교적 가르침 속에 진실이 있음을 나는 의심하지 않는다. 하지만 종교적 가르침 속에 거짓이 있다는 것도 의심할 수 없다. 나는 진리와 거짓을 찾아내어 이 둘을 구별해야만 한다. 그래서 나는 이 작업에 착수했다. 내가 종교적 가르침 속에서 발견한 거짓과 진실, 내가 도달한 결론이 이 책의 다음 부분이 될 것이고, 만약 그것이 그만한 가치가 있고 누군가에게 필요하다면, 아마 언젠가는 어딘가에서 출판될 것이다.

나는 3년 전[14]에 이 글을 썼다.

이제, 이 인쇄된 부분을 다시 읽고, 이 모든 것을 경험했을 때, 내 마음속에 있었던 생각과 생각의 과정을 되돌아보다가 나는 며칠 전에 꿈을 꾸었다. 이 꿈은 날 위해 내가 지금까지 체험하고 써 왔던 모든 것을 압축적인 형태로 표현했다. 그러므로 나를 이해한 사람들을 위해서도 내 꿈의 서술이 이 많은 페이지에서 장황하게 이야기한 모든 것을 신선하고 분명하게 만들어 하나로 통합 시켜 줄 것이라고 나는 생각한다. 나의 꿈은 이렇다.

---

14 톨스토이는 〈고백〉을 1880년에 집필했으나, 그 당시 러시아 정교에 의해 출판이 금지되었다. 그 후 3년 뒤인 1882년에 출간이 되면서 톨스토이는 이 글을 남겼다. ─옮긴이

꿈에서 나는 내가 침대에 누워 있는 것을 본다. 내 기분은 좋지도 않고 나쁘지도 않다. 나는 반듯이 누워 있다. 그러다가 문득 누워 있는 게 좋은지 나쁜지 생각하기 시작한다. 약간 다리가 불편한 느낌이다. 침대가 짧아서인지 평평하지 않아서인지 아무튼 좀 불편하다. 나는 다리를 움직여 본다. 이와 동시에 내가 무엇 위에서 어떻게 누워 있는지, 지금까지 내 머릿속에 떠오르지 않았던 것을 생각하기 시작한다.

침대를 살펴보다가 나는 침대 양 측면에 노끈으로 엮어 만든 지지물이 고정되어 있고, 그 위에 자신이 누워 있는 것을 본다. 내 발은 노끈 한 가닥 위에 놓여 있고, 종아리는 다른 한 가닥 위에 놓여 있다. 그래서 다리가 불편한 것이다. 웬일인지 나는 이 지지물을 옮길 수 있다는 것을 알고 있다. 나는 다리를 움직여 다리 맨 끝에 있는 노끈 한 가닥을 다리 밑으로 밀쳐 낸다. 이렇게 하면 좀 편해질 것 같다. 하지만 내가 너무 멀리 밀쳐 내서 두 다리로 다시 그 노끈 한 가닥을 붙잡으려 한다. 그러나 이렇게 움직이는 바람에 다른 노끈 한 가닥이 종아리 밑에서 미끄러져 빠져나가면서 두 다리가 축 쳐진다. 나는 사태를 수습하려고 온몸을 움직이면서 곧 수습될 거라고 확신한다. 그러나 이렇게 움직이자 다른 노끈 몇 가닥이 다리 밑에서 미끄러져 빠져나갔다. 나는 일이 완전히 꼬이고 있음을 본다.

내 몸의 하반신 전체가 허공에 늘어져 매달려 있고, 다리는 땅에 닿지 않는다. 나는 등 윗부분으로만 몸을 지탱하고 있다. 나는 불편할 뿐만 아니라 왠지 무서워진다. 이제야 나는 지금껏 머리에 떠오르지 않았던 것을 자문한다. '대체 나는 어디에 있고, 무엇 위에 누워 있지?' 나는 주위를 둘러보기 시작하고, 맨 먼저 내 몸이 매달려 있고, 내가 곧 떨어질 수밖에 없는 아래를 내려다본다. 나는 아래를 쳐다보다 내 두 눈을 믿지 못한다. 나는 가장 높은 탑이나 산꼭대기 같은 높이가 아니라 한 번도 상상할 수 없었던 높은 곳에 있다.

나는 저 밑에서, 내가 매달려 있다가 곧 떨어지게 될 깊이를 알 수 없는 저 심연 속에서 무엇을 보게 될지 생각조차 할 수 없다. 심장이 조이고, 나는 공포를 느낀다. 밑을 내려다보기가 무섭다. 밑을 보면 내가 곧 마지막 노끈 가닥에서 미끄러져서 죽을 거라는 느낌이 든다. 나는 내려다보지 않는다. 그러나 내려다보지 않으니 더더욱 무섭다. 내가 마지막 노끈 가닥에서 미끄러지면 내게 무슨 일이 일어날지 생각되기 때문이다. 나는 무서워서 마지막 남은 힘을 잃고 등이 아래로, 더 아래로 천천히 미끄러져 내리는 것을 느낀다. 한순간이면 나는 저 아래로 떨어질 것이다.

이때 한 생각이 문득 머리에 스친다. '이것이 사실일 리가 없어. 이건 꿈이야. 잠에서 깨자.' 나는 잠에서 깨어나려 애쓰지만, 그럴 수 없다. '어떻게 해야 하지? 어떻게 해야 하지?' 나는 이렇게 자문하면서 위를 쳐다본다. 위에도 심연이 있다. 나는 이 하늘의 심연을 바라보면서 아래의 심연을 잊으려고 애쓴다. 정말 나는 아래의 심연을 잊고 있다. 아래의 심연은 나의 반발을 일으키고 공포를 느끼게 한다. 그런데 위쪽의 심연은 나를 끌어당기고 안심시킨다. 이렇게 나는 심연 위에서 아직두 내 밑에서 미끄러져 빠져나가지 않은 마지막 노끈 몇 가닥 위에 매달려 있다. 나는 내가 매달려 있음을 안다. 하지만 나는 위만 쳐다보고 있고, 공포는 사라지고 있다.

꿈속에서 흔히 일어나듯이 어떤 목소리가 말한다. '이걸 잘 봐, 이게 바로 그거야!' 나는 점점 더 멀리 위쪽의 심연을 바라보고, 마음이 안정되는 것을 느낀다. 나는 지금까지 일어난 모든 일을 떠올리고, 이 모든 일이 어떻게 일어났는지 회상한다. 즉, 내가 어떻게 다리를 움직였고, 어떻게 매달려 있었는지, 어떻게 공포를 느꼈고, 위를 바라보면서 어떻게 공포에서 벗어났는지를 회상해 본다.

나는 이렇게 자문한다. '그럼, 지금은 어때? 나는 계속 그렇게 매달려 있는 건가?' 나는 주위를 둘러보기보다는 내 몸을 지탱하는 노끈 가닥을 온몸으로 느낀다. 나는 더 이상 매달려 있지도 떨어지지도 않으면서, 단단히 받쳐져 있음을 본다. 나는 내 몸이 어떻게 받쳐져 있는지 자문하면서 내 몸을 만져 보고 주위를 둘러보다가, 내 밑, 내 몸의 중심부 아래에 노끈 한 가닥이 있는 걸 본다. 그리고 위를 바라보면서, 내가 안정된 균형을 유지한 채 그 끈 위에 누워 있고, 이 한 가닥의 끈이 지금까지 나를 떠받치고 있었다는 것을 발견한다.

그리고 이때, 꿈속에서 흔히 그렇듯이 내 몸을 지탱하고 있는 메커니즘(꿈을 깨고 나면 아무 의미도 없는 메커니즘이지만)이 나에게 매우 자연스럽고 명백하며 의심의 여지가 없는 것으로 보인다. 나는 꿈속에서 왜 지금껏 이것을 이해하지 못했는지 깜짝 놀란다. 내 머리맡에 기둥 하나가 서 있는 것이 보인다. 이 가는 기둥을 지지支持하는 것은 아무것도 없지만, 이 기둥이 튼튼하다는 것은 의심할 여지가 없다. 또한 올가미 하나가 왠지 아주 교묘하지만 단순하게 이 기둥에 매달려 있다. 만약 이 올가미 위에 몸의 중심부를 얹고 위를 바라보면, 떨어질 수 있겠다는 의심이 전혀 들지 않는다. 이 모든 것이 나에게 분명해졌다. 나는 기쁘고 편안해졌다. 누군가 나에게 '조심해, 기억해'라고 말하는 것 같다.

그리고 나는 잠에서 깨어났다.

삶의 의미와 목적, 참 신앙을 탐구한 위대한 영혼의 '고백'

1. 위대한 영혼의 '고백'

톨스토이의 삶과 문학을 《고백исповедь》(1879~1882)이 나오기 전과 후로 나눌 수 있을 만큼 《고백》은 중요한 의미를 지닌다. 《전쟁과 평화》(1865~1869), 《안나 카레니나》(1873~1877) 같은 대작을 완성한 후 톨스토이는 심한 정신적 공허와 위기를 겪는다. 그는 삶의 의미와 목적에 대해 숙고하면서 죽음의 공포에 시달리고, 우울증에 빠져 급기야 자살의 충동까지 느끼게 된다. 톨스토이는 자신의 지난 삶과 신앙을 진지하게 성찰하고 치열하게 고뇌하면서 삶과 문학의 '방향'을 근본적으로 바꾼다. 이것이 톨스토이의 삶과 문학에서 제2의 탄생으로 불리는 '전향обращение'이고, 이 전향의 동기와 과정, 삶의 진실과 참 신앙을 찾아가는 고통스러운 여정을 솔직하게 토로하고 기록한 것이 바로 《고백》이다. 러시아의 문학사가 미르스키의 말처럼, 《고백》은 "삶과 죽음의 영원한 신비에 직면한 인간 영혼의 가장 위대하고 영구불변한 표현들 중 하나"라고 할 수 있다.

2. 《고백》의 집필과 출간 과정

《고백》의 집필과 출간 과정은 순탄치 않다. 《고백》 속에 당시 교회 신앙과 교회 권력에 대한 비판적인 내용이 적지 않았기 때문이다. 1877년 초, 톨스토이가 쓴 《안나 카레니나》의 마지막 부분에는 당시 그가 겪었던 정신적 위기가 고스란히 묘사되어 있다. 톨스토이는 소설 속 주인공 레빈처럼 자기 세계관의 기반을 고통스럽게 의심하면서 삶의 의미와 목적에 대한 답을 끊임없이 찾고 있었다. 이 과정에서 그는 노동자와 농민들의 소박한 삶과 신앙을 접하면서 자신이 속한 계층의 삶과 교회 신앙이 얼마나 형식적이고 위선적인지 절감하고, 특히 복음서의 가르침과는 반대로 행동하는 교회의 독선과 배타성에 대해 부정적 시각을 갖게 된다.

《고백》의 중심에는 삶의 의미와 목적의 탐구, 교회와 교회 신앙에 대한 비판이 자리하고 있다. 톨스토이는 《고백》을 1877년 6월부터 쓰기 시작하여 그해 말까지 《고백》의 대부분을 집필했고, 그 후 약간의 보완과 수정을 거쳐 1880~1881년 겨울 즈음에 탈고했다. 당시 톨스토이의 일기와 〈러시아 사상〉 편집인 유리예프에게 보낸 서신을 보면, 《고백》은 예술작품이 아닌 종교철학적 논문으로 씌어졌고, 출간을 염두에 두고 집필된 것도 아니었다. 우연히 《고백》을 읽고 그 내용에 크게 감동한 유리예프는 〈러시아 사상〉 5월호에 《고백》을 게재하려고 조판까지 마쳤지만 종교 검열에 걸려 잡지에 게재하지 못했다. 그러나 발표 금지된 《고백》은 교정쇄로 복사되어 전 러시아에 유포되었다. 러시아에서 출판 금지된 《고백》은 1884년에 스위스 제네바에서 《톨스토이 백작의 고백: 인쇄되지 않은 저작에 부친 서론》이라는 제목으로 M. K. 엘피딘에 의해 처음으로 인쇄되었다. 러시아에서는 반교회적인 내용이 삭제된 채 《고백》의 중요한 발췌가 M. S. 그로멕의 논문 〈톨스토이 백작의 최근 작품들(러시아 사상)〉(1884년 11월)의 마지막 장에 인쇄되었고, 그 후 《고백》은 〈세계 통보〉(1906년 1월)에 완전한 형태로 처음 인쇄되었다.

《고백》의 집필과 지난한 발표 과정은 이 책의 성격과 내용을 암시한다. 《고백》은 다분히 개인적인 내밀한 이야기이지만 전기적 자료를 넘어 세계의 걸작들 중 하나이며 다소 공리적이고 선전적인 한 편의 예술작품이다. 미르스키의 말대로, 《전쟁과 평화》와 《안나 카레니나》가 호메로스의 서사시와 비교되듯이, 《고백》은 세계인의 책인 전도서와 욥기 옆에 자리매김될 수 있다.

3. 정신적 위기와 '전향', 그리고 삶의 의미와 목적, 참 신앙의 탐구

톨스토이에게 정신적 위기와 '전향'은 자기 과거와의 단절, 즉 기존의 세속적이고 육체적인 삶과 기존의 난해하고 무익한 순수문학과의 단절을 의미한다.

톨스토이는 나이 오십이 되어 자살 충동을 느낄 만큼 정신적 위기에 이르기까지의 삶에 대한 통렬한 반성으로 《고백》의 첫 페이지를 연다(1장~3장). 톨스토이는 먼저 어린 시절의 모방적이고 형식적인 신앙생활에 대해 고백하고, 동물적 본능에 따르면서 육체적 삶을 탐닉하고, 도덕 – 윤리적 자기완성이 신앙이었던 젊은 시절에 허영심과 물욕, 교만 때문에 시작한 글쓰기에 대해 이야기한다. 그리고 20대 후반부터 결혼할 때까지 진보에 대한 미신을 갖고 살면서 농민학교 아이들에게 무엇을 가르치는지도 모르면서 가르쳤던 행위에 대해 토로한다. 1864년에 결혼 후, 진보에 대한 미신과 도덕 – 윤리적 자기완성을 향한 갈망이 가족의 행복에 대한 갈망으로 바뀌는 과정, 그 후 물질적 상태를 향상시키고 자신의 삶과 보편적 삶의 의미에 대한 온갖 의문을 마음속에서 없애기 위해 글쓰기에 몰두하게 되는 과정에 대해 말한다. 이 전 과정에 나타나는 톨스토이의 민낯이 담긴 그의 솔직하고 통렬한 '고백'에 우리는 전율을 느낀다.

톨스토이는 1875년부터 "나의 삶이 멈추었다"고 느끼고 삶의 불안과 죽음의 공포에 시달리면서 무기력과 우울증에 빠져 자살의 유혹을 느끼게 된다. "삶은 어리석고 잔인할 뿐이며, 죽음만이 진실하다"고 톨스토이는 확신한다. 이때부터 톨스토이는 "도대체 나는 누구인가?", "삶의 의미와 목적은 무엇인가?"에 대한 답을 얻기 위해 온갖 노력을 기울인다(4장~9장). 인간의 지식, 즉 사변적 학문과 경험적 학문을 통해, 그리고 기독교와 불교, 이슬람교 등 종교의 가르침 속에서 삶과 죽음의 문제에 대한 답을 찾으려고 했지만 톨스토이는 지식의 숲에서 그만 길을 잃어버리고, "모든 것이 헛되다. 죽은 자가 행복하고, 죽음이 삶보다 더 낫다"는 결론에 이른다. 마침내 지식의 숲에서 나온 톨스토이는 자기 주변 사람들의 구체적인 삶에서 삶의 의미를 찾고자 했지만, 교양 계층의 사람들이 무지, 쾌락, 힘과 활력, 나약함의 방법을 통해 삶의 의미도 모른 채 자신들이 처한 끔찍한 상태에서 임시로 벗어나고 있음을 보고 다시 한 번 절망한다.

마지막으로 톨스토이는 형식적이고 교조적인 교회 신앙과 교회의 무오류성을 부정하고[15] 교양 계층의 신앙이 아닌 민중의 삶과 신앙에서 삶의 의미를 찾고자 한다(10장~16장). 이성적 지식의 오류를 깨닫고 무익한 공론의 유혹에서 벗어난 톨스토이는 자신의 삶과 자신이 속한 계층의 삶은 무의미하고, 악이지만 노동하는 민중(농민)의 삶은 진실하다는 것을 확인하게 된다. 농부의 삶과 신앙에서 삶의 목적과 참된 신앙을 찾게 되면서 그는 이렇게 말한다.

"모든 인간은 신의 뜻에 따라 이 세상에 태어났다. 신은 모든 인간이 자신의 영혼을 파괴할 수도 있고 구원할 수도 있게 인간을 창조했다. 인간의 삶의 목적은 자신의 영혼을 구원하는

---

15 교회의 독단과 의식儀式, 종교적 가르침 속의 거짓에 대한 논증과 비판은《나의 신앙은 어디에 있는가》(1883),《교조신학 연구》(1884)에서 구체화된다.

것이다. 자신의 영혼을 구원하려면 신의 뜻에 따라 살아야만 한다. 신의 뜻에 따라 살려면 삶의 모든 향락을 거부하고, 겸손한 자세로 일하면서 인내하고 자비로워야 한다."

톨스토이에게 살아간다는 것(삶)과 신을 아는 것은 동일한 것이다. 즉, "신은 삶이다."

단순한 구어체 러시아어로 쓰인 《고백》 속의 사상과 그 리듬을 우리말로 정확하고 자연스럽게 옮기기란 거의 불가능했다. 톨스토이의 언어와 문체, 사상의 리듬을 올바로 전달하기 위해 번역에 최선을 다했지만, 거칠고 불명확한 번역 문장은 역자의 부족함 탓이다. 번역 대본으로는 90권짜리 《톨스토이 전집》(모스크바, 1928~1958년) 중 제23권(국립예술출판사, 모스크바, 1957년)을 사용했다.

거짓된 삶과 형식적이고 위선적인 신앙을 거부하고 삶의 진실한 의미와 목적, 참 신앙을 탐구하는 톨스토이의 여정은 참으로 고통스럽고 치열하지만 감동적이다. 이 점에서 톨스토이의 《고백》은 마르쿠스 아우렐리우스의 《명상록》의 잠언이나, 사실과 허구가 뒤섞인 루소의 《고백록》보다 더 인간적이고, 더 논리적이고, 더 사실적이다. 독자들이 얇지만 무거운 《고백》을 읽으면서 삶의 진실과 참 신앙을 탐구하는 톨스토이의 영혼의 여정에 동참하여 톨스토이와 함께 사색하고 고뇌하면서 자신의 삶과 신앙을 되돌아보면 좋겠다.

1828년(출생)	8월 28일(신력 9월 9일), 야스나야 폴랴나에서 니콜라이 일리치 백작과 마리야 니콜라예브나 사이의 4남 1녀 중 넷째로 태어나다.
1830년(2세)	8월 4일 어머니 마리야 니콜라예브나가 여동생을 낳다 사망하다.
1837년(9세)	1월 모스크바로 이사. 7월 21일 아버지 니콜라이 일리치 백작 사망. 숙모가 다섯 남매의 후견인이 되다.
1844년(16세)	형제들과 함께 카잔으로 이사. 카잔대학교 동양어학과에 입학하다.
1845년(17세)	법학과로 전과하다.
1847년(19세)	카잔대학교를 중퇴하고 야스나야 폴랴나로 귀향하다. 농민들의 가난한 삶을 목격하고 그들을 돕기 위해 노력했으나 좌절하다.
1848~1849년 (20~21세)	모스크바와 페테르부르크를 오가며 법학 공부를 계속하지만 졸업 시험에서 탈락하다. 사교계 생활과 도박, 사냥 등에 빠져 방황하며 경제적 어려움에 직면. 바흐, 쇼팽 등의 음악에 심취하여 피아노 연주에 탐닉하다. 야스나야 폴랴나에 돌아와 농민학교를 열지만 만족할 만한 성공을 거두지 못하다.
1851년(23세)	큰형 니콜라이를 따라 캅카스로 떠남. 지원병으로 참전. 〈어린 시절〉 집필.
1852년(24세)	포병 부사관으로 포병대 입대. 문예지 《동시대인》에 〈어

린 시절〉이 게재되고 극찬을 받다.

1853년(25세) 퇴역한 큰형을 따라 톨스토이도 퇴역하려 했으나 터키와
의 전쟁으로 군 복무가 연장되다.

1854년(26세) 1월 장교로 승진. 몇몇 장교들과 함께 〈군사 신문〉 발행
계획을 세웠으나 당국에 의해 금지됨. 11월 세바스토폴에
서 크림전쟁에 참전하다. 〈소년 시절〉 발표.

1855년(27세) 6월 《동시대인》에 〈세바스토폴 이야기〉 발표. 크림전쟁
패배 후 군에서 제대하다. 12월 페테르부르크에서 투르게
네프 등 작가들과 만나다.

1856년(28세) 〈세바스토폴 이야기〉 연재 계속. 12월 소설 〈지주의 아
침〉 발표.

1857년(29세) 《동시대인》에 〈청년 시절〉 발표. 유럽여행을 다녀와 야스
나야 폴랴나에 정착. 농사일을 하다.

1858년(31세) 〈세 죽음〉 발표.

1859년(32세) 〈가정의 행복〉 발표. 농민 자녀를 위한 학교 개설.

1860년(32세) 교육 문제에 관심을 두고 〈국민 보통 교육 초안〉을 기초
함. 7월 두 번째 유럽 여행을 떠나다. 9월 큰형 니콜라이
사망.

1862년(34세) 교육 잡지 《야스나야 폴랴나》 간행. 소피야 안드레예브나
와 결혼하다.

1863년(35세) 〈카자흐 사람들〉 발표. 맏아들 세르게이가 태어나다.

1864년(36세) 작품집 1, 2권 간행. 딸 타티야나가 태어나다.

1865년(37세) 《러시아 통보》에 《1805년》(《전쟁과 평화》 1, 2권) 발표.

1866년(38세) 둘째 아들 일리야가 태어나다.

1867년(39세) 《전쟁과 평화》 3, 4권 집필.

1868년(40세) 《전쟁과 평화》 5권 집필.

1869년(41세) 《전쟁과 평화》 6권 집필. 셋째 아들 레프가 태어나다.

1871년(43세) 둘째 딸 마리야가 태어나다. 《철자법 교과서》 집필.

1873년(45세) 《안나 카레니나》 집필 시작. 러시아 과학 아카데미 언어·
문화 분과 준회원으로 선출됨. 사마라 지방에 온 가족과

	함께 가 기근 구제사업을 하다.
1875년(47세)	《러시아 통보》에 《안나 카레니나》 연재를 시작하다.
1877년(49세)	《안나 카레니나》 탈고. 넷째 아들 안드레이가 태어나다.
1878년(50세)	《안나 카레니나》 단행본 출간.
1879년(51세)	다섯째 아들 미하일이 태어나다.
1880년(52세)	《고백》을 탈고했으나 출판이 금지되다. 성서번역에 착수.
1881년(53세)	단편소설 〈사람은 무엇으로 사는가〉 집필. 알렉산드르 2세 황제 암살에 가담한 혁명가들의 사형집행을 반대하는 청원을 황제에게 제출하다. 가족과 함께 모스크바로 이주. 톨스토이 자신은 모스크바와 야스나야 폴랴나를 오가며 생활하다.
1882년(54세)	모스크바 인구 조사에 참가하다. 이 조사를 통해 노동자들의 비참한 현실을 깨닫게 된다. 〈모스크바에서의 민세조사에 대하여〉, 〈교회와 국가〉 발표.
1883년(55세)	《나의 신앙은 어디에 있는가》 탈고.
1884년(56세)	야스나야 폴랴나에서 첫 번째 가출 시도. 셋째 딸 알렉산드라가 태어나다.
1885년(57세)	〈바보 이반〉, 〈두 노인〉, 〈촛불〉, 〈사랑이 있는 곳에 하나님이 계시다〉, 〈홀스토메르〉 등을 집필하다.
1886년(58세)	단편소설 〈세 수도승〉, 중편소설 〈이반 일리치의 죽음〉, 희곡 〈어둠의 힘〉 등을 집필.
1887년(59세)	《인생에 대하여》, 중편소설 〈크로이체르 소나타〉 집필.
1888년(60세)	모스크바에서 야스나야 폴랴나까지 도보로 여행하다. 여섯째 아들 이반이 태어나다.
1889년(61세)	희곡 〈계몽의 열매〉, 중편소설 〈악마〉 집필.
1890년(62세)	중편소설 〈세르게이 신부〉 집필.
1891년(63세)	저작권을 거부하고 1881년 이전까지 발표한 모든 작품의 저작권 포기 각서에 서명하다. 중앙 러시아, 동남 러시아 등 기근이 발생한 지역의 농민 구제를 위해 활동. 〈기근 보고〉, 〈법원에 관해서〉 등을 집필하다.

1892년(64세)	〈신의 나라는 네 안에 있다〉 탈고.
1895년(67세)	단편 우화 〈주인과 일꾼〉 탈고. 여섯째 아들 이반 사망. 《부활》 집필 시작.
1896년(68세)	희곡 〈그리고 빛은 어둠 속에서 빛난다〉 탈고.《부활》 집필 중단. 중편 〈하지 무라트〉 초판본 완성.
1897년(69세)	〈예술이란 무엇인가〉 집필.
1898년(70세)	두호보르 교도의 캐나다 이주 지원 자금 마련을 위해《부활》 집필을 다시 시작하다. 지속적으로 기근 구제사업을 전개하다.
1899년(71세)	잡지《니바》에《부활》 연재 시작.《부활》 탈고.
1900년(72세)	〈우리 시대의 노예제〉, 〈애국심과 정부〉 발표.
1901년(73세)	종무원이 톨스토이의 파문을 결정. 〈종무원 결정에 대한 답변〉 집필, 3월 페테르부르크 학생 시위에서 폭력 진압이 발생하자, 이에 항의하는 호소문을 작성. 크림반도로 요양을 떠나다.
1902년(74세)	〈신앙이란 무엇이며, 그 본질은 무엇인가〉, 〈노동하는 민중들에게〉 등을 발표. 폐렴과 장티푸스로 병의 상태가 악화되다. 6월 야스나야 폴랴나로 돌아옴.
1903년(75세)	회고록과 셰익스피어에 대한 논문 집필.
1904년(76세)	러일 전쟁에 대하여 전쟁 반대론을 펼친 〈재고하라〉 발표. 〈하지 무라트〉 개작 완료. 8월 형 세르게이 사망.
1905년(77세)	논설 〈세기말〉, 〈러시아의 사회 운동에 대하여〉, 단편소설 〈항아리 알료샤〉, 〈코르네이 바실리예프〉, 중편소설 〈표도르 쿠지미치 신부의 유서〉 집필.
1906년(78세)	둘째 딸 마리야 사망.
1907년(79세)	농민 자녀 교육을 재개하다. 어린이를 위한 《독서계》 창간. 톨스토이 비서 구세프가 제포되다.
1908년(80세)	탄생 80주년 축하회가 열리다. 사형 제도에 반대해 〈나는 침묵할 수 없다〉, 〈폭력의 법칙과 사랑의 법칙〉 발표.
1909년(81세)	중편소설 〈누가 살인자들인가〉 집필. 마하트마 간디로부

터 서한을 받고, 무력으로 악에 맞서서는 안 된다는 내용을 담은 답신을 보냄. 유언장을 작성하다.

1910년(82세) 톨스토이의 유언장으로 인해 가족들 사이에 불화가 일어나자 10월 28일 가출하다. 11월 3일 평생을 써 온 일기에 마지막 감상을 쓰고, 11월 7일 아스타포보 역에서 폐렴으로 사망하다. 11월 9일 태어나서 평생을 보낸 야스나야 폴랴나 숲의 세상에서 가장 작고 소박한 한 평 무덤에 안장되다.

옮긴이 이항재

고려대학교 노어노문학과를 졸업하고 같은 대학원에서 〈투르게네프의 후기 중단편 연구〉로 박사학위를 받았다. 고리키 세계문학연구소 연구교수와 한국러시아문학회 회장을 지내고 현재 단국대 러시아어과 교수로 재직하고 있다. 지은 책으로 《소설의 정치학: 투르게네프 소설 연구》《러시아 문학의 이해》(공저) 등이 있고, 러시아 문학에 관한 많은 논문을 썼다. 옮긴 책으로 미르스키의 《러시아 문학사》, 투르게네프의 《첫사랑》과 《아버지와 아들》, 부닌의 《아르세니예프의 인생》, 톨스토이의 《톨스토이와 행복한 하루》 등이 있다.

톨스토이 사상 선집

고백

초판 1쇄 발행 · 2021년 3월 12일

지은이 · 레프 니콜라예비치 톨스토이
옮긴이 · 이항재
책임편집 · 박하영
디자인 · 주수현

펴낸곳 · (주)바다출판사
발행인 · 김인호
주소 · 서울시 마포구 어울마당로5길 17 5층
전화 · 02-322-3885(편집) 02-322-3575(마케팅)
팩스 · 02-322-3858
이메일 · badabooks@daum.net
홈페이지 · www.badabooks.co.kr

ISBN 979-11-6689-003-1 04800
ISBN 979-11-89932-75-6 04800(세트)